백두산 아이들

고래책빵
고학년 문고

백두산 아이들

글 이순영
그림 이혜원

고래
책빵

　동화나 동시의 중심에는 아이들이 있다. 요즘은 어른들도 동화를 많이 읽는다. 짧은 동시는 노랫말이 되어 기억되고 동화는 우리들의 가슴에 들어와 더욱 깊어진다.

　어떤 장르의 글이든 혼자 보는 일기가 아니라면 글쓰기는 글 쓰는 사람의 무한한 책임을 요구한다. 소설, 시, 수필 등 몇몇 장르로만 분류되던 문학 장르가 요즘은 다양한 형태로 대중들과 소통한다. 그중, 어린이와 소통할 수 있는 동화를 쓴다는 것은 어찌 보면 큰 행운이라고 생각한다.

　동화나 동시로 아이들과 소통할 수 있는 연결 고리를 만들고 아이들과 함께 꿈꾸는 것은 행복한 일이다. 동화 작가는 이런 행복한 일을 한다. 어른이 된 지금도 동화를 쓰고 읽으며 나는 아주아주 옛날로 돌아가 어릴 적 나와 만난다.

　동화 작가는 손으로 글을 쓰고 그 글에 생명을 불어넣는다. 때로는 책상이 말하고 콩알이 자동차 바퀴가 되기도 한다. 또한 꽃이 말하고 나비도 새도 말한다.

권정생 선생님이 쓴 〈강아지 똥〉에서는 민들레가 말하고 강아지 똥도 말한다. 동화에서는 모든 사물에 생명을 불어넣는다.

글을 쓰는 일. 그중에서 동화를 쓴다는 것은 마술같이 신비한 일이다. 책을 통해 상상의 나래를 펼쳤던 일들이 지금은 현실이 되어 내 깊은 내면에 스민다.

'어릴 때 난 이랬는데, 실컷 놀지 못했는데, 많이 웃지 못했는데, 엄마한테 많이 혼났는데, 친구들이 생일에 나만 빼고 자기들만 가버려서 속상했는데…'

나의 동화는 이런 나를 달래며 끊임없이 말을 걸어온다.

괜찮다. 애썼다. 사랑한다.

동화를 읽는 아이와 어른이 모두 행복을 느끼는 멋진 동화를 쓸 재주는 내게 없다. 그럼에도 불구하고 부족한 나의 이야기에 마음 한쪽 따뜻해진다면, 앞으로 조금은 더 행복한 글쓰기를 할 수 있을 것 같다.

2024년 겨울
이순영

·차례·

I. 짙은 화약 냄새

"흐음~"

밝마리한이 긴 한숨을 쉰다.

"음~"

옆에서 지켜보던 누리도 알 수 없는 불안감에 휩싸인다.

"할아버지!"

누리는 할아버지의 근심 어린 표정에 주눅이 든다.

"……."

"할아버지…!"

대답이 없다. 밝마리한은 여전히 구름만 살핀다. 누리는 할아버지의 심각한 표정에 아무 말도 꺼내지 못했다. 먹구름이 천지에 내려앉았다.

한참이 지났다.

"누리야! 오늘 밤 봉화를 올려야겠다. 묘연 할미에게 내일 찾아

뵙겠다는 뜻을 전할 것이다. 그리 알고 채비해 두어라."

"네, 할아버지!"

누리도 밝마리한의 근심이 무엇인지 약간은 알 것 같다.

누리는 아무것도 묻지 못했다. 결국, 입술 끝에 맴도는 말을 베어 물고 지게에 발채를 얹었다. 누리 어깨가 유난히 무겁다.

지겟작대기로 지게를 받쳐두고 벌러덩 누워 하늘을 본다. 푸른 구름이 천지를 가로지르고 있다.

누리는 둥둥 떠가는 구름을 볼 때마다 저 구름을 타고 새로운 세상으로 훨훨 날아가고 싶었다.

이날 밤 봉화는 연기가 아니라 불을 피워 알리는 봉화다. 불은 묘연 할미에게 긴히 의논할 것이 있어 직접 찾아가겠다는 뜻을 전하는 봉화였다.

묘연은 달문 옆에 토굴을 짓고 살았다. 묘연은 '오래된 묘한 물이 가득 고인 연못'이라는 뜻이다. 백두산 천지물은 달문을 통해 세상으로 흘러간다.

백두산 물이 세상으로 흘러가는 것은 물뿐만 아니라 백두산 정기가 세상으로 흘러 나감을 뜻한다. 백두산 생명수가 세상의 생명을 살린다는 심오한 뜻도 품고 있다. 또한, 묘연은 신비의 약수 해든새암을 지키는 백두산 물 지킴이다.

백두산 물을 지키는 묘연과 달리 밝마리한은 백두산 최고봉인 장군봉을 다스린다.

밝마리한은 묘연을 찾아갈 때, 봉화를 올린 후 묘연 할미 의사를 먼저 물었다. 누리는 할아버지 속뜻을 마음속으로 헤아려 보았다.

누리는 장작을 힘차게 팼다. 마른 풀을 둥글게 감아 불쏘시개도 서너 개 더 만들었다. 낮에 올리는 연기 봉화보다 밤에 올리는 불 봉화는 더욱 심각한 일이 있다는 의미를 담고 있다. 그래서 여러 차례 불을 지펴야 한다.

누리는 봉화에 쓸 참나무 장작을 지게에 가득 지고 낑낑대며 봉화대로 날랐다. 참나무 장작은 기온이 낮은 백두산 정상에서는 구하기 힘든 귀한 땔감이다. 누리는 짬 날 때마다 산 중턱으로 내려가 참나무 땔감을 해온다. 참나무 땔감은 다른 땔감에 비해 불땀이 좋다. 참나무는 버릴 것이 없다. 나무 재질이 단단해 숯을 만들거나 표고버섯을 재배할 때도 쓰이고 기근이 들면 그 열매로 도토리묵을 해 먹을 수 있다.

"어영차!"

밝마리한도 지겟작대기를 짚고 일어선다. 누리가 장작을 가득 지고 낑낑대는 모습을 지켜보던 밝마리한은 누리 지게에서 떨어진 장작을 주워든다.

"쯧쯧, 조금씩 여러 차례 나르면 될 것을…."

누리가 머리를 긁적인다.

참나무 장작을 옮긴 후 불쏘시개에 기름을 넉넉히 묻혔다.

'불 봉화를 올리려면 날씨가 맑아야 할 텐데….'

북쪽 하늘을 보며 날씨를 살폈다. 북쪽 하늘이 맑다.

'북쪽 하늘이 맑으면 흐리다가도 개는 경우가 흔하다. 알아두어라.'

누리는 할아버지 말씀이 문득 떠올랐다.

봉화 올릴 준비를 끝내고 토굴로 돌아와 길 떠날 채비를 한다.

백두산에서는 칠팔월을 제외하곤 늘 춥다.

밝마리한은 무명 누비 두루마기가 유일한 외출복이다. 누리는
밝마리한 흰색 두루마기를 대나무 횃대에서 걷어 냈다. 두루마기
를 걸었던 대나무 통이 '팽그르르' 돈다. 밝마리한의 지팡이도 말
끔하게 닦았다. 박달나무 껍질을 벗겨 만든 지팡이는 천지에 떠다
니는 흰 구름처럼 윗부분이 꼬부라져 있다.

백두산의 하루가 또 저문다. 내일이면 마루를 만난다. 노을이 붉
으면 밤 날씨도 맑을 가능성이 컸다. 청보라 옅은 어둠이 천지에 내
려앉는다.

"불을 붙여라. 달집 태우듯, 한꺼번에 큰 봉화를 올려야 한다."

밝마리한이 멀리 달문 쪽을 보며 누리에게 일렀다.

누리는 밝마리한을 도와 준비해 둔 마른 풀 쏘시개에 불을 붙였다. 매캐한 연기에 눈이 따갑다. 그러나 꾹 참고 참나무 장작을 봉화대 중앙에 성기게 세웠다.

"타닥! 타닥!"

불가시랭이는 하루살이보다 짧게 까만 하늘에 붉은 점으로 사라져 갔다. 누리는 안다. 미처 피지 못한 이 불가시랭이도 붉은 잉걸불이 될 수 있다. 장군봉 불꽃이 밤바람을 타고 활활 타오르기 시작했다.

"이제 불길을 줄여라!"

밝마리한은 누리에게 일렀다.

"할아버지!"

누리는 메케한 연기에 눈물을 닦으며 할아버지를 불렀다.

"왜 그러느냐?"

"왜 갑자기 달문에 가시려는지…?"

누리가 말꼬리를 흐린다.

"음~ 이제 때가 된 것 같구나."

할아버지 음성이 낮게 가라앉아 있다.

잿더미 속에서 꺼진 장작 불씨는 채 타지 않은 희나리로 남아 연기를 뿜어냈다.

"한 번 더 불을 지펴라!"

장작불은 장군봉 붉은 해처럼 이글이글 타올라 시뻘건 잉걸불로 변했다. 누리는 다시 장작을 꺼내 잿더미에 넣으며 연기를 피워 올렸다.

　불꽃, 연기, 다시 불꽃, 연기…, 장군봉에서 달문에 보내는 봉화는 백두산의 밤하늘과 하나가 되고 있다.

2. 장군봉에서 올라온 봉화

장군봉 너머로 희뿌옇게 동이 튼다.

어젯밤 불 봉화를 본 묘연은 밤잠을 설쳤다. 묘연도 불길한 예감이 들긴 마찬가지였다.

묘연은 참빗으로 머리를 곱게 빗어 쪽지어 넘겼다. 묘연의 치장은 평소보다 많이 길어졌다.

"마루야! 어서 일어나거라."

묘연은 아직 잠에 취해 있는 마루를 깨웠다.

"아~ 함! 할머니, 왜 오늘따라…."

잠에 취한 마루의 볼멘소리가 하품을 물고 이불 속으로 다시 숨는다.

"어서 일어나래도! 장군봉 밝마리한이 곧 오신다."

묘연의 마음이 급해졌다.

"마루야! 어서 해든새암에 가서 찻물을 길어오너라!"

해든새암은 백두산 천지 물이 세상으로 내려가는 달문 입구에 있다.

"아침 첫 햇살이 비친 천지 물을 떠 오려면 서둘러야 한다."

묘연은 천지에 붉게 떠오르는 햇살이 비친 해든새암 맑은 물로 차를 우렸다. 묘연은 호리병을 마루에게 건넨다.

마루는 할머니 성화에 못 이겨 겨우 일어난다. 긴 머리는 양 갈래로 땋아 칡넝쿨로 머리끝을 묶었다.

마루는 달문으로 내려갔다.

"앗! 차가워!"

김이 나는 것 같은 천지 물이 얼음장처럼 차갑다.

멀리 장군봉 넘어 햇살이 비치기 시작했다. 눈 부신 햇살에 미간을 찡그린다. 붉은 해를 바라보다 눈이 부셔 자신도 모르게 눈을 감았다. 쌍꺼풀 없는 길쭉한 눈에 깊은 쌍꺼풀이 생겼다가 풀어진다.

"표로 롱, 표로 롱, 표롱, 표롱!"

주둥이가 좁은 호리병 속으로 물이 들어간다. 호리병 밑동이 물속으로 비스듬히 가라앉더니 둥둥 뜬다.

"첫 햇살이 비친 물이 가장 좋은 물이다. 그러니 기다렸다가 반드시 아침 햇살 듬뿍 받은 첫 물을 떠 와야 한다. 알겠느냐?"

할머니 음성이 귓전에 맴돈다.

바람이 건듯 분다. 시린 물결이 바람에 밀려와 마루 손등을 간질

이고 다시 퍼져 나간다.

마루는 얇고 납작한 돌을 주워 물수제비를 뜬다.

"퐁, 퐁, 퐁, 퐁…."

돌은 서너 번, 물 위를 통통 튀더니 뿅! 소리 내며 가라앉는다. 마루는 다시 물수제비 뜰 납작한 돌을 고른다.

"어, 이상한 돌이 있네?"

해든새암 맑은 물속에 새까만 돌이 물결에 일렁인다. 모두 다섯 개다. 마루는 까만 돌을 건져 올렸다.

"아이 예뻐! 공깃돌 해야겠다."

엄지손가락만 한 크기다. 까만 돌을 건져 올리자 장군봉으로 올라온 햇살에 금세 물기를 거둔다.

'쯧쯧, 물만 떠 올 일이지 왜 이리도 늦을꼬!'

마루는 벌떡 일어섰다. 할머니 음성이 귓전에 들리는 것 같다. 마루는 물기 거둔 까만 돌을 호주머니에 넣고 냅다 뛰기 시작했다. 숨이 턱에 닿았다. 오늘따라 해든새암과 토굴 거리가 더 멀리 느껴진다.

"헉! 헉!"

장군봉 해는 이미 중천에 떴다.

묘연의 발걸음이 더욱 분주하다. 아끼는 찻잔을 손질하고 백두산 천지 주변에만 핀다는 시로미 열매를 다식으로 준비했다.

"흠, 이제야 대충 준비가 된 것 같군."

묘연은 혼잣말로 중얼거린다.

"마루가 찻물만 떠 오면 되는데…."

묘연은 해든새암이 있는 달문을 향해 자라목으로 바라보지만, 마루는 아직 그림자조차 보이지 않는다.

이때였다.

"어흥!"

밝범이다. 밝범은 밝마리한이 데리고 다니는 백호다. 밝범 소리가 가까이 들린다면 밝마리한이 토굴 근처까지 왔다는 뜻이다.

묘연은 얼른 바깥으로 나갔다. 턱수염을 길게 늘어뜨린 밝마리한이 토굴 앞에 서 있다.

"어서 오세요. 기다리고 있었습니다."

묘연은 밝마리한을 반갑게 맞이한다.

"그동안 잘 지내셨소?"

밝마리한도 묘연에게 안부를 물었다.

"안녕하세요. 할머니!"

누리가 씩씩하게 인사했다.

"어서 오느라! 안 보는 사이에 훌쩍 컸구나."

밝마리한과 누리가 묘연을 따라 방으로 들어섰다. 토굴 안에 있는 방은 아늑했다.

"아랫목으로 앉으시지요."

묘연의 목소리가 맑고 단아하다. 묘연은 속이 탔다. 마루에게 단단히 일러 해든새암으로 내려보내지 못한 것이 후회되었다.

그때였다.

"할머니!"

토굴 안은 사람이 없는 것처럼 조용하다.

"덜컥!"

창호지 바른 대나무 방문이 열렸다.

"뭐하다가 이제야 오누!"

할머니는 올라오는 역정을 목으로 삼키며 물병을 받아 든다.

방에서 나오는 어색한 기운이 마루 어깨를 훑고 지나간다. 방으로 들어간 마루는 하얀 두루마기를 입은 밝마리한에게 절을 올렸다.

"많이 컸구나."

마루는 일곱 살 때 밝마리한과 누리를 본 후, 오늘이 처음이다.

"잘 지냈어?"

누리 음성이 굵고 당차다.

찻물을 끓인 묘연은 귀때 사발에 부어 식혔다. 묘연은 적당히 식은 찻잔을 밝마리한 앞으로 건넸다.

밝마리한은 입속에서 차를 굴려 혀로 음미하는 듯 지그시 눈을 감았다.

"역시 차 우려내는 솜씨는 예나 지금이나 변함없구려."

"솜씨가 좋은 게 아니라 해든새암 물이 좋은 것이지요."

작은 방에 깊은 침묵이 흐른다.

"저…."

"저…."

밝마리한과 묘연은 서로 먼저 말머리를 꺼내려다 접는다.

"누리야!"

밝마리한이 근엄하게 누리를 불렀다.

"네."

"마루랑 바깥에 나가서 밝범을 좀 보살피고 있거라."

"네, 할아버지."

누리는 밝마리한 말뜻을 얼른 알아차렸다.

"나가자. 마루야!"

마루도 누리를 따라 밖으로 나왔다. 알싸한 칼바람이 코끝을 스친다.

누리와 마루는 장군봉을 바라본다. 아침에 장군봉을 떠나올 때 맑았던 백두산 천지에 먹구름이 끼어 있다. 누리는 멀리 북쪽 하늘을 바라보았다. 북쪽 하늘 먹구름 사이로 푸른 하늘이 언뜻언

뜻 보인다.

"어흥!"

"으악!"

먼 하늘을 바라보던 마루가 호랑이 울음소리에 비명을 내며 자
지러진다. 밝범이 마루를 혀로 핥는다. 마루는 누리 뒤에 바짝 달
라붙어 바들바들 뜬다.

"마루야, 괜찮아!"

"무~ 무서워!"

"괜찮아. 우리와 함께 사는 밝범이야."

"바, 바, 밝범?"

마루는 조금 안심이 되었다.

밝범이 누리 옆에 얌전히 엎드린다. 누리는 밝범 털을 손가락으로 쓸어 준다. 털을 빗겨 주자 밝범은 시원한 듯 스르르 눈을 감는 나. 밝범은 긴 콧수염을 실룩거리더니 송곳니를 드러내며 하품을 해 댄다.

밝마리한과 묘연의 이야기는 길어졌다.

"이제 아이들을 보내야 할 때가 된 것 같소이다."

묘연은 올 것이 왔음을 직감했다.

"마음이야 아프겠지만 어쩌겠소. 아이들도 이제 다 컸고 언제까지나 이곳에서 살 수 없는 것 아니겠소."

"예. 알고는 있지만, 험한 세상 속으로 아이들을 보낼 생각을 하니…."

묘연의 눈물이 구릿빛 볼을 타고 흐른다.

"내일 아침에 내려보내기로 합시다."

"네, 그렇게 빨리요?"

"데리고 올 때 이미 예상했던 일이오."

밝마리한 음성은 단호했다.

"네. 그러나 마음의 준비라도 할 수 있도록 시간을 주십시오."

"혼자 가는 게 아니니 너무 걱정하지 마시오."

"드는 정은 몰라도 나는 정은 안다고 아이들과 헤어질 생각을 하니 가슴이 아픕니다."

묘연도 밝마리한 뜻을 모르는 건 아니지만, 11년 동안 키운 정을 단숨에 끊어내라니 밝마리한이 야속하기만 하다.

밝마리한은 눈을 감았다.

아이들과 처음 만난 후, 지난날을 떠올려 본다.

3. 늑대 우리 속 아이들

11년 전이었다.

낡은 회색 바랑을 맨 노인은 날이 저물어 하룻밤 머무를 곳을 찾고 있었다.

노인은 너와집 가까이 다가가 집안을 들여다보았다.

집안은 빈집처럼 조용했다.

"어험! 어험!"

노인은 일부러 헛기침했다.

"거, 아무도 없소?"

불길한 기운을 느끼며 조심조심 방문을 열었다. 방문을 열던 노인은 갓을 벗어 던지고 방안으로 뛰어들었다. 방안엔 젊은 부부가 쓰러져 사경을 헤매고 있었다.

"여보시오! 정신 차리시오! 여보시오!"

노인은 쓰러져 있는 남자를 끌어안고 흔들었다. 아무리 흔들어도 젊은 남자는 깨어나지 못했다. 이번엔 여자를 흔들어 깨웠다. 젊은 아낙도 의식이 없기는 마찬가지였다.

남자가 먼저 깊은 신음 소리를 냈다.

"휴~ 이제 됐다."

노인도 안도의 숨을 쉰다.

"으음~"

"여보시오! 이제 정신이 드오?"

"물~ 물 좀…."

남자는 정신이 드는가 싶더니 물을 찾았다. 노인이 물을 건네자 벌컥벌컥 마셨다.

"이제 정신이 좀 드시오? 대체 어떻게 된 일이오?"

남자는 간신히 일어나 앉았다.

"그냥 누워 계시오."

젊은 남자는 못 이긴 척 다시 자리에 누웠다.

"고맙습니다. 어르신. 쿨룩쿨룩!"

남자는 말하기조차 힘들었다.

"어르신, 인제 그만 가 보십시오. 혹시 제 병이 옮을까 걱정됩니다."

"나는 괜찮소."

젊은 남자가 정신을 차린 뒤, 아낙의 얼굴에도 조금씩 핏기가 돌았다.

노인은 아낙을 흔들어 깨웠다.

"음~ 음~ 아기!"

아낙은 가느다란 신음을 내뱉으며 입술을 달싹거렸지만, 아낙의 말을 알아들을 수 없었다. 노인은 남아 있던 물을 아낙에게 먹였다.

"음~ 아기! 우리 아이들은?"

아낙은 깨어나자마자 아기를 찾으며 울부짖었다. 그러다가 누운 채 몸서리를 치며 서럽게 울었다.

"아니, 그게 무슨 말이요?"

노인은 젊은 남자에게 물었다. 남자가 숨을 몰아쉬며 천천히 말을 이었다.

"우리는 얼마 전까지 백두산 밑에서 살던 사람입니다. 경술년에 나라를 잃고 일본의 약탈과 탄압이 날로 심해지고 전염병까지 돌아 이 백두산 속으로 숨어들어와 살게 되었습니다. 콜록! 콜록!"

"흑! 흑! 여보! 우리 아기는요?"

아낙은 눈도 뜨지 못한 채 아이들을 찾으며 허공을 휘저었다.

"아니, 그럼 두 사람 말고 또 다른 사람이 여기 살고 있단 말이요?"

노인은 남자에게 물었다.

"네, 우리가 이곳으로 이사 올 때는 아이들과 함께 왔습니다. 그런데 아내가 먼저 시름시름 앓기 시작했어요. 산속으로 피신해 왔지만 이미 몸속엔 병이 들었었나 봅니다."

"그래, 지금 아이들은 어디 있소?"

노인은 다그쳐 물었다.

"아내가 병들자, 저는 아이들을 멀리 떨어진 동굴에 격리했습니다. 아이들은 이곳에서 떨어진 동굴에 데려다 놓고 제가 먹을 것을 가져다 먹였지요. 그런데 오늘이 대체 며칠인지요?"

젊은 남자는 노인을 향해 날짜를 물었다.

"삼월 보름이요."

"아! 벌써 스무날이 넘었군요."

"뭐라고요? 그러면 아이들이?"

"네, 아내를 간호하다가 저까지 병들어 아이들을 돌보지 못했어요. 먹을 것이 벌써 다 떨어졌을 텐데… 크으~ 크큭 으윽!"

젊은 남자도 오열하기 시작했다.

노인은 부부에게 노란 알약을 한 알씩 먹였다.

"만 가지 병을 고친다는 노랑만병초를 으깨어 만든 약이오. 이 약을 먹고 나면 기운이 좀 날 것이오."

"아이고 어르신! 이 은혜를 어떻게 갚아야 할지 모르겠습니다."

젊은 남자는 숨을 헐떡이면서 노인에게 인사말을 건넸다.

"내가 지금 동굴로 가서 아이들을 살펴볼 테니 두 사람은 우선 몸부터 추스르시오."

"아이고, 정말 감사합니다."

"나도 백두산 자락에 사는 사람이오."

노인은 서둘러 너와집을 나왔다.

젊은 남자가 일러준 곳으로 찾아왔지만, 동굴은 보이지 않았다. 보름달이 둥글게 떴다. 달빛은 나뭇잎 깊숙이 스며들어 노인의 발길을 밝혀주고 있다.

'우~ 우~ 후후~.'

가까이 늑대 울음소리가 들린다. 한두 마리가 아니다. 노인이 동굴을 찾아 이리저리 헤매고 있을 때였다. 갑자기 조릿대가 서걱거리는 소리가 등 뒤에서 났다. 키 낮은 조릿대 잎 사이로 푸른빛이 희번덕거린다.

늑대 울음소리가 다시 길게 이어졌다.

"휙! 케갱!"

늑대 한 마리가 노인의 얼굴을 향해 날아들었다.

그때였다.

"어흥!"

노인의 눈앞으로 커다랗고 흰 물체가 스치고 지나갔다.

눈 깜짝할 사이에 벌어진 일이다.

"케갱! 케갱!"

"밝범! 그만! 모르고 그런 것이니 죽이지는 마라!"

백호 한 마리가 버둥대는 늑대 한 마리를 입에 물고 노인 앞에 머리를 조아린다.

"어흥! 어흥!"

백두산 호랑이 밝범이다. 노인 말대로 밝범은 잡은 늑대를 놓아 주었다. 늑대는 걸음아 날 살려라 도망치기 시작했다.

"늑대를 따라가라. 밝범!"

노인은 밝범에게 늑대들을 뒤쫓게 했다. 노인도 밝범 뒤를 쫓았다. 늑대들을 동굴 속으로 숨어들어 갔다.

밝범의 포효를 이정표 삼아 노인도 동굴 입구에 다다랐다. 동굴 입구는 덩치가 큰 밝범이 들어갈 수 없을 만큼 좁았다.

"여기서 기다리고 있거라!"

노인은 허리를 굽혀 동굴 안으로 들어갔다. 바깥에서 보기와 달리 동굴 안은 들어갈수록 넓었다.

'휘리릭! 찍! 찍!'

노인이 동굴 안으로 들어서자 놀란 박쥐들이 밖으로 날아간다. 어디선가 맑은 공기가 새어 들어온다. 공기가 들어오는 쪽으로 걸음을 옮기자 환한 달빛이 동굴 깊은 곳까지 비췄다.

"아니, 이럴 수가…!"

노인은 눈앞에 펼쳐진 광경을 보고도 믿지 않았다.

도망쳐 온 늑대들이 웅크린 곳에 어린아이 둘이 서로 부둥켜안

고 쌔근쌔근 잠들어 있었다. 노인은 얼른 아이들을 살폈다.

작은 아이는 강보에 싸여 있다. 큰아이는 오른쪽 발등에 붉은 점이 있는 사내아이였고, 작은 아이는 여자아이였다. 여자아이 오른쪽 발등에도 붉은 점이 있다. 다행히 둘 다 건강했다.

늑대들이 긴 꼬리를 바닥에 납작 붙이고 노인 앞에서 머리를 조아렸다.

"너희가 큰일을 해냈구나."

노인은 늑대들 등을 차례로 쓸어 주었다. 노인은 잠든 아이들을 안고 동굴 밖으로 나왔다.

아이들을 병든 부모에게 다시 돌려보낼 수가 없었다. 금세 전염병이 옮을 건 뻔했다. 노인은 우선 두 아이를 자신의 토굴로 데려가기로 했다.

노인이 아기들을 안고 동굴 밖으로 나오자 기다리던 밝범이 납작 엎드렸다. 노인은 강보에 싸인 여자아이를 밝범 등에 업힌 다음, 떨어지지 않게 칡넝쿨로 단단히 동여맸다.

"아이가 깨어나 울지 않게 조심해서 묘연 할미에게 데려다주어라."

노인은 밝범에게 단단히 일러 여자아이를 묘연에게 보냈다.

두 아이는 밝마리한과 묘연의 밑에서 각각 자랐다.

4. 세상 속으로

긴 털을 쓸어 주자 밝범은 코털을 실룩거리며 잠이 들었다.

누리는 마루를 볼 때마다 가슴 한구석이 아릿해 왔다. 그 이유를 도무지 알 수가 없다.

그때 묘연이 토굴 밖으로 나와 누리와 마루를 방으로 데리고 들어갔다.

"지금부터 내가 하는 말을 새겨듣거라."

밝마리한이 무겁게 입을 열었다.

"이제 너희는 이곳을 떠나야 할 때가 된 것 같구나."

"네? 떠나다니요?"

밝마리한은 천천히 말을 이었다.

"너희들 보기에 정말 부끄럽구나. 미안하다, 정말 미안하다."

"네? 할아버지! 무슨 말씀인지…."

누리와 마루는 할아버지의 초췌한 얼굴을 살폈다.

"우리가 어른으로서 너희를 볼 면목이 없구나."

묘연은 옆에서 눈물을 훔칠 뿐, 밝마리한의 말을 거들지 않았다.

"누리야, 마루야!"

"네, 할아버지."

누리와 마루는 할아버지 입술만 쳐다보았다.

"지금 우리는 나라가 없다."

밝마리한 말꼬리가 잦아들어 잘 들리지 않았다.

"네, 나라가 없다니요?"

"부끄럽게도 우리는 경술년에 나라를 잃었다. 자손들에게 물려 주어야 할 민족의 혼과 얼을 송두리째 빼앗기고 말았다. 참으로 너희를 볼 면목이 없구나."

밝마리한은 고개를 푹 떨구었다. 그러고는 꺼이꺼이 통곡하며 한참을 울었다. 밝마리한 울음에 피를 토하는 절규가 묻어 나왔다.

"미안하다. 미안하다. 정말 정말 미안하다."

여태껏 단 한 번도 보지 못한 모습이었다. 밝마리한은 흰 두루마기가 들썩이도록 오열한 후, 다시 말을 이었다.

"내가 백두산으로 들어올 즈음, 세상엔 기근이 들었고 나라도 빼앗겨 세상은 더 없는 혼란 속에 빠져들고 있었다."

묘연은 말없이 찻물을 따른다.

"그러나 이대로 있을 수는 없다. 찾아야 한다. 역사를 잊은 민족에게 내일은 없다. 이제 너희 차례다. 이 나라 명운이 너희 손에 달려 있다. 지금 너희들의 이 발걸음이 내일의 또 다른 역사가 됨을 결코 잊어서는 아니 된다. 알겠느냐."

"네. 할아버지!"

누리는 씩씩하게 대답했다. 누리는 무릎을 꿇고 밝마리한 앞에서 맹세했다.

"할아버지! 해내겠습니다. 할아버지 가르침대로 이 나라를 되찾고 더 나은 세상을 만들도록 온 힘을 다하겠습니다."

누리에 이어 마루도 카랑카랑한 음성으로 다짐한 다음 마지막인 듯 떨리는 목소리로 할머니를 불렀다.

"할머니!"

이제 서서히 이별의 순간이 다가오고 있음을 모두 알고 있다. 좁은 방에 다시 깊은 침묵이 흐른다.

"누리야! 마루야!"

침묵을 깨고 밝마리한이 입을 열어 두 사람을 불렀다.

"네, 할아버지!"

"네, 할아버지!"

누리가 의젓하게 목소리를 가다듬고 대답하자 마루는 울음을 삼키며 겨우 대답한다.

"너희가 여기에 온 지도 벌써 11년이 흘렀다. 내가 처음 너희를 보았을 때는 늑대들이 너희 둘을 돌보고 있었다."

"네? 늑대들이요?"

"그래, 너희 둘은 오누이다."

누리와 마루는 깜짝 놀랐다. 둘은 서로 눈이 마주쳤다.

밝마리한은 찻물로 입술을 적시며 말을 이었다. 은은한 차 향이 방안의 침묵과 하나가 된다.

"너희는 아버지를 기다리다가 지쳐 잠이 들었고, 늑대들이 먹다 남은 먹이를 나눠 먹으며 겨우 목숨을 부지할 수가 있었다."

그간의 이야기를 들은 누리와 마루는 한동안 말이 없었다. 오누이라니 누리와 마루는 도무지 믿기지 않았다.

"누리 오빠!"

마루 눈에 눈물이 가득 고였다. 누리는 마루를 볼 때마다 자신도 모르게 가슴이 아려왔던 이유를 이제야 알 것 같았다.

동굴 안에서라면 누리가 네 살 때였다. 무서웠다. 음식을 가지고 오던 아빠도 며칠째 오지 않았다. 동생은 낮이고 밤이고 울어댔다. 울다 지치면 잠이 들었고 잠에서 깨면 또 울었다. 그런 동생을 부둥켜안고 어린 누리도 무서워서 울고 또 울었다. 그러나 기다려도 기다려도 부모님은 오지 않았다.

밤이면 늑대들이 우글거렸다. 늑대들은 밤낮으로 울어대는 아이들을 빙빙 돌며 으르렁거렸다. 그러나 아이들이 늑대들을 해칠 맘이 없다는 걸 알고 아이들 옆으로 다가와 꼬리를 흔들었다.

밤이 되면 늑대들은 아이들을 빙 둘러싸고 보살폈다. 늑대 털은 너무나 부드럽고 따뜻했다.

늑대 울음소리, 배고파 우는 동생 울음소리가 누리의 귓가에 아련히 들리는 것 같다. 하지만 아무리 기억의 끝을 잡으려 해도 다시 흐려질 뿐이었다.

5. 회색 바랑

밝마리한과 누리는 장군봉으로 다시 돌아왔다.

누리는 할아버지 말씀대로 길 떠날 채비를 했다. 밝마리한은 누리에게 몇 가지 당부도 잊지 않았다.

"누리야! 이것을 받아라!"

밝마리한은 낡은 회색 바랑을 누리 앞에 내밀었다.

"누리야! 이 바랑은 무슨 일이 있어도 항상 몸에 지니고 다니거라. 밥을 먹을 때도 잠을 잘 때도 이 바랑을 놓지 않아야 한다. 알겠느냐?"

"네, 할아버지!"

누리는 밝마리한의 결연한 음성에 각오를 다졌지만, 이 낡은 바랑이 왜 중요한지 알 수 없었다.

"때가 되면 이 바랑을 지켜낸 너희가 얼마나 훌륭한 일을 했는지 알 것이다."

“네, 명심하겠습니다.”

“열어 보아라!”

밝마리한이 건넨 태극문양이 수 놓인 회색 바랑을 열자 그 속에는 동그랗게 빚은 환약이 세 알 들어 있었다.

“이게 뭐예요?”

누리는 환약을 손바닥에 올려놓고 유심히 살폈다. 환약에서는 짙은 꽃향기가 났다. 누리는 눈을 감고 환약 냄새를 깊이 들이켜 보았다.

‘노랑만병초!’ 봄이 되면 백두산 천지에 노랗게 피는 노랑만병초다.

“노랑만병초를 으깨어 만든 환약이니라. 백두산 천지에 피는 노랑만병초는 이름대로 만 가지 병을 고치는 신비의 약초다.”

누리는 어린 시절, 몸이 아플 때 할아버지가 주신 이 약을 먹고 나았다.

“만병초는 만 가지 병을 고치기도 하지만 독도 함께 들어 있다. 잘못 쓰면 사람이 죽기도 하니 함부로 쓰면 안 된다.”

“네, 할아버지.”

누리는 노랑만병초 환을 주머니에 싸서 꼭 지키라던 회색 바랑에 넣었다. 먼 길 떠나는 가방이 평소와 달리 제법 묵직하다.

누리는 잠이 오지 않았다. 달빛이 어슴푸레 토굴로 들어온다.

뒤척이던 누리가 밖으로 나왔다. 밝마리한도 잠이 오지 않기는 마찬가지였다.

"다행히 내일 날씨는 맑겠구나."

"할아버지!"

누리는 할아버지께 슬며시 안겼다.

"어허! 다 큰 녀석이! 어찌 이리도 어리광을 부리는 게야!"

오랜만에 안겨보는 할아버지 품이었다. 무술을 가르칠 땐 엄하면서도 평소에는 더없이 자상한 할아버지다. 할아버지 품에서 바람 냄새가 났다.

"누리야! 앞으로 많은 어려움이 있을 것이다."

"네."

누리는 더 긴 대답을 할 수 없었다.

설렘과 두려움이 마음속에서 함께 소용돌이치고 있었다.

"두려워 말거라. 너희라면 해낼 수 있을 것이다. 아니, 반드시 너희가 해내야 할 일이다."

밝마리한은 누리에게 신신당부했다.

"할아버지! 잃어버린 나라를 되찾고 새 세상을 열어 가려면 어떻게 해야 합니까?"

"그것은 넷이 모여 둘이 되고, 둘이 모여 하나가 되는 것에 그 힘이 있느니라."

"넷이 모여 둘이 되고, 둘이 모여 하나가 되는 것이요?"

누리는 다시 물었다.

"바로 그 수수께끼를 풀어내는 것이 너희가 살아갈 세상을 만드는 열쇠가 될 것이다."

누리는 무슨 일이 있어도 그 수수께끼를 풀어내겠다고 다짐했다.

누리는 밝마리한과 나란히 서서 장군봉 너머로 동이 트는 것을 보고 있었다. 누리는 찬란하게 떠 오르는 아침 햇살을 온몸으로 적시고 또 적셨다.

"누리야!"

떠오르는 해를 바라보던 할아버지가 누리를 불렀다.

"너와 내가 서 있는 이곳 이름이 무엇이냐. 말해 보아라!"

"네, 백두산이지요."

"그래, 백두산이다. 그런데 왜 백두산이라 하는지 그 이유를 아느냐?"

"모르겠습니다."

"세상 사람들은 흰 눈이 쌓인 백두산을 보고, '머리에 흰 눈을 이고 있는 산이라는 뜻'으로 백두산이라고 부르지만, 너희는 그렇게 부르면 안 된다."

"그러면 뭐라고 불러야 하나요?"

누리가 물었다. 아무리 생각해도 다른 이름은 떠오르지 않았다.

밝마리한은 눈을 지그시 감았다가 떴다.

"누리야! 원래 우리 조상은 찬란하게 떠오르는 저 태양을 숭배하던 밝족이었다."

"밝족요?"

"그래, 밝은 태양이지."

'밝족!' 누리는 처음 듣는 말이었다.

"이 세상에서 가장 밝은 것은 태양이고 밝족은 그 태양을 숭배하는 민족이지. 그래서 우리 조상은 이 백두산을 '밝'의 우두머리가 되는 산, 즉 태양의 우두머리가 되는 산이라고 해서 '밝산'이라고 불렀다."

"밝족, 밝산…."

누리는 혼잣말로 되뇌어 본다.

밝족! 밝산! 태양을 숭배하던 민족! 누리는 번뜩 떠오르는 이름이 있었다.

'밝마리한!'

할아버지 말씀대로라면 밝마리한은 '태양의 우두머리가 되는 큰 사람'이란 뜻이었다. 누리는 눈을 크게 뜨고 밝마리한을 보았다.

"그래! 너희는 밝족의 후예들이다. 그러니 두려워 말고 밝산의 정기를 받으며 배운 지혜로 새 세상을 열어 가거라!"

가슴이 벅차올랐다.

매일 아침 떠오르는 태양을 보았지만, 오늘 아침, 천지를 비추는 이 태양은 어제의 그 태양이 아니었다. 오늘 아침 정수리에 내려앉는 태양은 이제 새로운 세상을 향해 더욱 붉게 타오를 밝산의 이글거리는 바로 그 태양이었다.

얼마나 오랫동안 보아 왔던 태양인가! 이제 또 어디서 저렇게 붉게 타오르는 태양을 볼 수 있을 것인가! 누리는 우뚝 서서 두 팔을 벌리고 붉게 떠오르는 '밝'의 기운을 가슴에 가득 담고 또 담았다.

마루도 세상으로 내려가기 위한 준비를 서둘렀다. 의젓한 누리와 달리 묘연 눈에는 마루가 그저 철부지 어린애였다. 묘연은 마루와 처음 만났을 때를 떠올렸다.

휘영청 밝은 달밤에 느닷없는 밝범 울음소리에 밖으로 나온 묘연은 소스라치게 놀랐다. 기가 막혔다. 강보에 싸여 쌔근쌔근 잠든 아이는 밝범 등에 업혀 있었고, 칡넝쿨로 동여맨 걸 보니 이 아이를 맡아 달라는 밝마리한의 뜻임을 묘연은 단박에 알아차렸다.

11년 전, 아이를 데리고 왔을 때 밝마리한과 했던 약속을 저버릴 수도 없는 노릇이었다.

밝마리한은 누리에게 세상에 나가 어떤 난관에 부닥치더라도 극복할 수 있는 지혜를 가르쳤고 이 나라 혼과 얼을 지켜 나가도록 호연지기를 기르게 했다.

밝마리한은 확신했다.

'이제 세상의 주인은 이 아이들이다. 미래의 주인공인 이 아이들 만큼은 다른 나라에 짓밟히는 굴욕과 나라를 빼앗기는 설움을 겪지 않아야 한다. 겨레의 얼과 혼이 깃든 호연지기를 길러 새 세상을 이끌어 가야 한다.'

얼마 전, 밝마리한의 아들 남태로부터 전갈이 왔다.

마침 신흥강습소 광복군과 의열단이 중국 본토를 중심으로 활동하고 있다는 소식이었다. 그 소식을 듣고 밝마리한은 누리와 마루를 신흥강습소로 보내야겠다는 결심을 했다. 신흥강습소는 구국 이념과 항일 정신을 고취하여 광복군 간부를 양성시킬 목적으로 설립되었다.

이제 밝마리한이 할 일은 어른으로서 오직 이 아이들이 살아갈 세상에 길라잡이가 되어 주어야겠다는 생각뿐이었다.

신흥강습소에서 비밀결사 조직인 광복군으로 활동하기 위해서는 군사교육뿐 아니라 민족정신 함양이 무엇보다 중요했다. 투철한 민족의식을 가진 인재 양성이 일제를 물리칠 수 있는 중요한 방법이라고 여겼기 때문이다.

백두산에서 누리와 마루도 투철한 민족의식과 호연지기를 길렀지만, 한계가 있었다. 누리와 마루는 또래 집단에서 서로 소통하고 화합하며 국가와 민족을 위해 헤쳐 나가는 힘을 더 키워야 했다.

밝마리한은 누리와 마루를 보내자니 오래전, 백두산을 내려간 아들이 더욱 보고 싶어졌다.

'전하의 어기는 잘 전달해 주었을까?'

나이 든 자신보다는 아직은 어린 아들 남태가 활동하기에 더 적합할 것 같았다. 남태라면 날로 심해지는 일제 감시와 눈초리를 피해 갈 수 있을 것이라 믿었다.

몸은 비록 백두산에 있지만 밝마리한의 마음은 오로지 나라 걱정뿐이었다.

밝마리한은 고종황제와 헤어지던 그날 밤, 긴박하고 그 끔찍했던 순간을 단 한시도 잊을 수 없었다. 아니 잊으려 하면 할수록 그 순간이 떠올라 몸서리치곤 했다.

6. 왕명이다! 어기를 만들라

일제의 간섭과 감시는 날로 심해졌다. 풍전등화 같은 나라 운명을 세계 우방에 알려 도움을 청해야 했다.

1882년 〈조미수호통상조약〉 당시만 해도 조선에는 현대적인 의미의 국기가 없었다. 하지만, 다행히 조선 임금의 어기인 '태극팔괘도'가 있었다.

고종은 몇몇 신하들과 함께 이 태극팔괘도를 일부 변형하여 태극기를 제작하기로 했다. 고종의 명에 의해 태극기 제작은 극비에 진행되었다.

고종이 조선의 국기를 만든다는 것을 알면 일제가 또 어떤 트집을 잡을지는 불 보듯 뻔했다. 고종은 태극기를 직접 도안하고 제작의 전 과정을 함께 했다.

칠흑같이 어두운 어느 날 밤이었다.

고종은 자신의 국사(國師)*이자 친한 친구인 밝마리한을 비밀리에 침소로 불렀다. 그리고 외교자문인 데니도 함께 불렀다. 밝마리한과 데니는 고종이 중요한 결정을 내릴 때마다 비밀리에 불려가 국사(國事, 나랏일)를 의논했다.

데니는 청나라로부터 추천받았지만, 자주 외교를 원하는 고종의 뜻을 청나라에 주장하다가 오히려 청나라로부터 파면당한 미국인 외교 고문이었다. 그런 데니도 다음 날이면 본국으로 돌아가야 했다.

"우리 조선은 아직 국가를 상징하는 국기가 없소. 하지만 우리에게는 조선 임금의 어기인 태극팔괘도가 있소. 나는 이 태극팔괘도를 일부 변경하여 조선의 상징인 새로운 국기를 만들 것이오."

고종의 음성에 결연한 의지가 묻어 있었다.

"흰색은 백성을 뜻하고 푸른색은 관원을 뜻하오. 그리고 임금을 뜻하는 붉은색을 화합시킨 동그라미요."

고종은 국사인 밝마리한과 데니 앞에서 누런 광목천을 펼치며 설명을 이어 갔다.

고종은 완성된 태극기 문양을 뚫어질 듯이 보고 있었다.

"건, 곤, 감, 리."

고종은 붓을 놓으며 태극기에 새긴 의미를 설명했다.

---

* 임금이 나랏일을 결정할 때 도움을 구하는 사람

"왼쪽 위 괘가 '건', 오른쪽 아래가 '곤', 오른쪽 위가 '감', 왼쪽 아
래가 '리'요."

고종의 설명이 계속 이어졌다.

"'건괘'는 하늘을 상징하며 '곤괘'는 땅을 의미하오. '감괘'는 달
과 물을 상징하고 '리괘'는 해와 불을 나타내고 있소."

고종은 누런 광목천에 그려진 태극기를 보고 또 보았다. 고종에
게는 이 국기가 바로 조선이고 조선의 상징이 바로 이 태극기였다.

"데니! 내가 이 태극기를 그대에게 제일 먼저 하사하려고 하니 받아 주시오."

고종은 자신 때문에 청나라로부터 파면당한 데니에게 미안했다. 이제 곧 본국으로 돌아갈 데니에게 고종은 의미 있는 선물을 주고 싶었다.

나라의 운명이 어찌 될지 이 태극기가 답해 줄 것만 같았다. 고종은 외롭고 무섭고 또 슬펐다. 고종 침소에 밤이 이슥토록 불이 꺼지지 않았다.

바로 그때였다.

"전하! 전하!"

침전을 지키던 김상궁이 급히 고종에게 아뢴다.

김 상궁의 다급한 음성에 밝마리한과 데니는 얼른 병풍 뒤로 몸을 숨겼다.

데니는 고종에게 하사받은 최초의 태극기를 둘둘 말아 소매 춤에 감추었다.

"휴!"

7. 병풍 뒤에서 찢긴 나라의 상징

고종은 숨도 쉬어지지 않았다. 가슴에 번개가 치는 듯했다.

"무슨 일이냐?"

고종은 아무 일 없다는 듯 헛기침하며 김 상궁에게 물었다.

김 상궁이 채 대답도 하기 전, 고종 침전의 문이 벌컥 열린다.

"국기를 만든다는 말이 사실 이무니까?"

일본 경찰 앞잡이가 허리춤에 차고 있던 권총을 겨누며 물었다.

"국기라니? 거 무슨 소린가?"

고종은 오히려 당당했다. 고종의 당당함에 일본 경찰들이 흠칫했다.

"네 이놈들! 무슨 일인지 모르겠지만, 이 야심한 밤에 한 나라의 어전에 어찌 기별도 없이 들이닥쳐 죄인 심문하듯 하느냐!"

고종은 무장한 일본 군인들을 향해 쩌렁쩌렁한 목소리로 호통쳤다.

그러나 일본 군인들은 막무가내였다. 군화를 신은 채 흙발로 침소에 들이닥쳤다.

"샅샅이 뒤져라!"

일본군 앞잡이가 명령을 내렸다. 조총을 든 일본 군인들이 침전을 뒤지려 했다. 병풍 뒤로 몸을 숨긴 데니도 국사 밝마리한도 고종이 처음으로 만든 태극기도 모두 들통이 날 순간이었다.

"이 태극기는 고종황제가 직접 고안하고 그린 하사품이니 이것만이 진본 태극기요. 그러나 혹시 모르니 이것을 따로 지니기로 합시다."

국사 밝마리한은 광목천을 양쪽으로 쭉 찢었다. 고종의 진본 태극기는 그렇게 병풍 뒤에서 둘로 갈라졌다. 태극기 반만 있어도 나머지 반을 채워 넣으면 고종의 진본 어기는 복원할 수 있을 것이라 믿었다.

인기척이 병풍 뒤에서 들리자, 고종 침구 뒤에 있는 병풍으로 일본군이 일제히 총구를 겨눴다.

"네 이놈들! 감히 한 나라의 어전을 흙발로 밟으려 하느냐! 썩 나가지 못할까!"

고종이 벌떡 일어서며 다시 한번 소리쳤다.

단호한 고종 음성에 방을 뒤지려던 일본 군인들은 한 걸음 뒤로 물러섰다.

병풍 뒤에 몸을 숨긴 두 사람의 가슴은 새까맣게 타들어 갔다.

일본 군인들이 들이닥치기 전 고종과 함께 의논하던 태극기를 얼른 집어 소매에 감추고 병풍 뒤로 숨은 것은 천만다행이었다.

데니와 밝마리한은 고종 침소에 있던 비밀 통로로 간신히 몸을 피할 수 있었다.

"나는 내일이면 본국으로 돌아갈 사람이오. 고종이 직접 그린 이 태극기는 바로 조선의 상징이요. 내가 이 태극기를 갖고 나가다가 검문소에서 들킬 것은 뻔한 일이오. 그러니 이 태극기 한쪽도 국사께서 친히 맡아 고종의 진본 태극기를 세상에 알려 주시오."

국사 밝마리한은 데니의 뜻을 받아들였다.

일본 군인들이 어전을 물러나자 밝마리한은 김 상궁을 불러 데니가 갖고 있던 태극기 한쪽을 건네며 당부했다. 눈치 빠른 김 상궁은 국사가 건네는 누런 광목천을 재빨리 둥근 저고리 소맷자락에 말아 넣었다.

김 상궁에게 찢어진 태극기 한쪽을 건네준 국사 밝마리한은 재빨리 궁궐을 빠져나왔다.

그 후, 고종의 국사 밝마리한의 행방을 아는 사람은 아무도 없었다.

8. 쓰개치마를 쓴 여인

고요한 새벽, 궁궐 마당에 스산한 바람이 분다. 이때 쓰개치마를 쓴 여인이 아무도 모르게 궁을 빠져나가고 있었다.

바로 김 상궁이었다. 김 상궁은 고종의 국사 밝마리한이 건네준 태극기 반쪽을 복대로 하고 치마를 둘러 입었다. 김 상궁은 밝마리한이 자신에게 했던 말을 떠올렸다.

"이것은 임금의 어기인 태극기요. 이 태극기가 바로 고종이 직접 제작하고 만든 진본이요. 이것을 수신사로 일본에 가는 특명전권대신에게 전해주시오."

그러나 고종의 진본 태극기는 수신사 특명전권대신에게 끝내 전해지지 못했다.

일본으로 향하던 수신사 특명전권대신은 고종의 어명을 기억하며 선상에서 태극기를 만들 수밖에 없었다. 태극 문양과 건, 곤, 감, 리 4괘를 그려 넣은 태극기였으나 고종이 만든 진본 태극기와는 그 의미가 사뭇 달랐다.

김 상궁은 태극기 반쪽을 품에 넣고 일본으로 가는 수신사 특명전권대신을 찾아 나섰다. 그러나 평생 궁 밖을 벗어나지 않았던 여인의 몸으로 수신사를 찾아내기란 그리 쉽지 않았다.

제물포 조약 사후 처리로 일본을 가는 수신사 특명전권대신을 아는 사람이 없었디. 소문을 내어 사람을 찾을 수는 더더욱 없었다. 모래사장에서 바늘 찾기나 마찬가지였다.

길거리마다 일본 경찰들이 검문했다. 그때마다 김 상궁은 가슴을 조였다.

이미 수신사 일행이 일본으로 떠났다는 소문이 들리기도 했다. 수신사 특명대신에게 임금의 어기인 이 태극기 반쪽이라도 전해 주려 했지만 그러지 못했다.

얼굴을 가리기 위해 푹 뒤집어썼던 풀 먹인 쓰개치마에서 땟국물이 줄줄 흘렀다. 아이들은 거지라며 김 상궁에게 돌을 던지기도 했다. 그러나 아랑곳하지 않았다. 김 상궁은 그 어떤 어려움이 닥쳐도 반드시 해 내야 할 어명이 더 중요하고 시급했다.

또 밤이 되었다. 밤이슬을 이불 삼아 길거리에서 잠을 잔 것도 벌써 여러 날이다. 오늘 밤도 길거리에서 잠을 자려고 김 상궁은 어느 초가지붕 처마 밑에 거적을 깔고 누우려던 찰나였다.

　어디선가 말발굽 소리가 빠르게 들렸다. 김 상궁은 달려오는 말
을 피하려다가 자신의 치맛자락에 걸려 넘어졌다.

　"워! 워!"

　말을 달리던 남자가 내리더니 쓰러진 김 상궁을 일으켜 태우고
급히 마을을 빠져나갔다. 깊은 밤이라 이 둘을 본 사람은 없었다.

9. 백두산 천지에는

날씨가 따뜻해지는 유월, 백두산 천지 주변에는 꽃이 지천으로 핀다.

마루는 꽃 피는 천지에서 사슴처럼 뛰어놀았다. 백두산 천지 주변에만 핀다는 노랑만병초 열매를 따 먹기도 하고 꽃을 꺾어 할머니께 드리기도 했다.

천둥벌거숭이 같은 마루였지만 묘연은 이런 마루가 살가웠다. 그랬던 마루가 아침이면 묘연 곁을 떠나려 한다. 이제 마루가 떠나면 그런 즐거움도 없을 것이다.

마루는 서둘러 길 떠날 채비를 했다. 묘연과 달리 마루는 이곳을 떠나 새로운 세상을 만나는 기대감에 부풀어 있었다.

철벽봉과 용문봉 사이로 동이 트기 시작한다. 묘연은 마루가 잠든 틈을 타 해든새암으로 내려온다.

아침마다 백두산 정기를 받은 해든새암 첫 물을 길어오는 것은 마루의 일과였다. 그러나 오늘은 묘연이 직접 해든새암으로 내려와 호리병에 물을 담는다.

'표롱! 표롱! 표롱!'

호리병 속으로 물 들어가는 소리가 난다. 금세 호리병 밑동이 물속에 잠긴다. 묘연은 물이 새지 않도록 호리병 마개를 단단히 틀어막았다.

해든새암에서 토굴로 돌아온 묘연은 길 떠날 채비를 하는 마루를 불러 앉혔다.

"마루야!"

"네, 할머니!"

마루를 부른 묘연도 마루도 한동안 말을 잇지 못한다. 막상 할머니를 두고 가려니 마음이 무겁다.

묘연은 해든새암 물이 든 호리병을 마루 앞으로 내밀었다.

"이게 뭔가요? 할머니!"

"해든새암 물은 이 세상 어디에도 없는 신비의 영약이다. 이 물이 요긴하게 쓰일 때가 있을 것이다. 소중히 간직하도록 해라!"

마루는 묘연이 건네는 호리병을 가방에 넣었다.

누리와 마루는 밝마리한과 묘연의 배웅을 받으며 백두산을 등지고 내려갔다.

달문을 떠난 해든새암 물은 비룡폭포로 흐른다. 백두산에서 길을 잃지 않으려면 물길을 따라가는 것이 안전했다. 누리와 마루는 비룡폭포를 지나고 있었다.

비룡폭포를 조금 지나면 뜨거운 유황온천이 나온다. 마루는 묘연과 함께 목욕하던 때를 떠올랐다. 천지의 얼음장 같은 물과는 달리 이 유황온천은 손도 못 댈 정도로 뜨겁다.

누리와 마루는 물길을 따라 백두산 아래로 내려가고 있다. 계곡을 따라 한나절을 걸어온 누리와 마루는 허기가 졌다. 마루는 묘연이 싸준 주먹밥 하나를 누리에게 내밀었다. 배가 고팠다. 묘연이 싸준 주먹밥은 그야말로 꿀맛이었다.

"어? 가만있어 봐!"

주먹밥을 먹고 일어서던 누리가 낭떠러지 아래를 보며 말했다.

"왜? 뭔데?"

"가만, 마루야! 저기 봐!"

마루는 누리가 가리키는 바위를 쳐다보았다. 바위에는 푸른 이끼가 덮여 있을 뿐 아무것도 보이지 않았다.

"아무것도 안 보이는데?"

"아니, 자주색 꽃이 피어 있잖아. 안 보여?"

마루는 누리 손가락 끝을 눈으로 좇았다. 바위틈에 핀 자주색 꽃 무더기가 눈에 들어왔다.

가솔송이었다. 가솔송은 할미꽃처럼 고개를 숙이고 자홍색으로 꽃이 핀다. 꽃이 피면 앙증맞은 항아리 모양 방울꽃을 피운다. 누리는 예쁜 꽃을 보자 마루에게 꺾어 주고 싶었다.

"마루야! 잠깐만 기다려!"

누리는 마루가 말릴 틈도 없이 다람쥐처럼 바위를 타고 내려갔다. 백두산에서 많은 꽃을 보았지만, 마루도 가솔송을 직접 보기는 처음이었다.

그때였다.

"아악!"

가솔송을 꺾으러 바위로 내려간 누리가 비명을 지르며 바위 밑으로 굴러떨어졌다.

"오빠! 누리 오빠!"

눈 깜짝할 사이에 벌어진 일이다. 꽃을 꺾으러 바위를 타고 내려가던 누리가 마루 눈앞에서 순식간에 사라지고 말았다.

'까악 까악'

어디서 날아왔는지 수십 마리 까마귀가 계곡을 덮었다. 까마귀 무리 위로 솔개 한 마리가 유유히 날고 있었다.

"오빠! 오빠!"

마루는 누리가 떨어진 곳으로 정신없이 내려갔다.

"오빠! 어디 있어? 오빠! 오빠!"

마루의 음성은 계곡 아래로 올올이 부서진다.

"마루야!"

낭떠러지 아래에서 누리 음성이 가느다랗게 들린다. 마루는 정신없이 수풀을 헤쳤다. 누리는 바위에 뿌리를 내린 소나무 가지를

잡고 대롱대롱 매달려 있었다. 마루는 얼른 칡넝쿨을 꼬아 밧줄을 만들었다. 그리곤 그 끝에 돌을 매달아 누리에게 던졌다. 칡넝쿨은 자꾸만 엉뚱한 곳으로 튕겨 나갔다.

그때, 누리가 잡고 있던 소나무 뿌리가 흙더미를 물고 흔들거리기 시작했다.

'뿌지직! 뿌직!'

바위에 얕게 뿌리 내린 천년송이 누리 몸무게를 견디지 못하고 쑥 빠질 찰나였다. 누리는 마루가 던진 칡넝쿨을 향해 몸을 날렸다. 그 순간 소나무는 뿌리째 뽑혀 천 길 낭떠러지로 떨어졌다.

"힘껏 당겨!"

계곡 아래에서 누리가 소리쳤다. 마루는 있는 힘을 다해 칡넝쿨을 잡아당겼다. 그러나 칡넝쿨도 바위에 쓸려 끊어질 판이었다. 그 순간 누리가 바위를 덥석 잡았다.

"휴~"

천만다행이었다. 다리가 후들거렸다. 마루 얼굴은 눈물과 땀으로 범벅이 되어 있었다.

마루는 몸을 일으키려고 애쓰는 누리를 부축했다. 누리 얼굴과 팔은 나뭇가지에 걸려 생채기가 났다. 군데군데 피도 묻어났다.

"오빠! 괜찮아?"

"응, 괜찮아! 윽!"

"이렇게 피도 나는데 뭐가 괜찮아. 그러게 왜 그런 위험한 데를 내려갔어?"

마루 음성엔 안도와 원망이 함께 섞여 있었다. 누리는 나뭇가지를 잡고 일어나 몸에 묻은 흙을 툭툭 털어냈다.

"마루야! 봐, 예쁘지?"

꽉 앙다물었던 조개가 입을 벌리듯 조심스레 펼친 누리 손에 자홍색 가솔송 한 송이가 있었다.

"휴!"

마루는 가슴을 쓸어내렸다.

"어서 가자. 이러다 해지겠다."

한바탕 소동을 벌인 누리와 마루는 서둘러 산에서 내려간다. 그런데 이상한 일이다. 누리 걸음이 자꾸 뒤로 쳐진다.

"어, 왜 그래? 오빠! 다쳤어?"

누리가 다리를 절뚝거린다.

"발목을 삐었나 봐!"

누리 발목이 퉁퉁 부어 있었다. 누리는 몇 발짝 가다가 다시 자리에 털썩 주저앉고 말았다.

해는 빨리 졌다. 금세 어두워졌다.

누리와 마루는 맘이 급했다.

"안 되겠다. 내 등에 업혀! 어서!"

마루는 누리 앞으로 등을 내밀었다.

"너보다 덩치가 큰 나를 어떻게 업는다고 그래. 하하하!"

"지금이 웃을 때야?"

"그럼 울까? 웃기라도 해야지."

겉으로는 웃고 있지만 걱정되기는 누리도 마찬가지였다.

이제 둘은 완전히 어둠 속에 갇히고 말았다. 어둠뿐만이 아니었다. 산속 추위는 살을 에는 듯했다. 백두산을 놀이터 삼아 뛰어놀던 누리와 마루였다. 그러나 빛 한줄기 없는 산속에서는 어쩔 도리가 없었다.

"조금 쉬었다 가자."

바위에 등을 기대고 앉았다. 멀리서 늑대 울음소리가 들린다.

달문을 떠나온 지 하루가 저물었다. 그러나 아직 집 한 채도 발견 못 했다. 종일 먹은 것이라곤 주먹밥 하나였다. 허기가 졌다. 잎 갈 나뭇잎이 을씨년스럽게 흔들린다. 마치 수십 마리 황금박쥐가 나무에 매달려 있는 것 같았다.

"가만?"

숲속에서 희미한 불빛이 흔들렸다가 사라졌다. 등골이 오싹하다. 산짐승들을 만나기라도 한다면 큰일이다.

"아무 소리도 안 들리는데?"

마루가 말했다.

"쉿!"

누리와 마루는 소리 나는 쪽으로 귀를 기울였다. 어디선가 사람 소리가 들렸다.

"사람이닷!"

누리는 다리를 다친 것도 모르고 자리에서 벌떡 일어섰다.

"여보세요! 거기 누구 없어요! 아악!"

누리가 다시 주저앉는다. 마루도 사람 소리를 듣고 자리에서 벌떡 일어났다.

"여기, 사람이 다쳤어요. 좀 도와주세요! 거기 누구 없어요?"

그때, 어둠을 뚫고 횃불을 든 중년 남자가 누리와 마루가 있는 바위로 급히 뛰어온다.

남자는 누리의 상처를 살피며 물었다.

"산에서 내려오다가 길을 잃었어요."

마루가 울먹였다.

"어디 보자. 아니, 이런! 발목을 삐었구나."

남자는 한 손으로 횃불을 들고 누리의 상처를 살폈다.

"이곳은 산짐승도 들끓고 사고가 자주 나는 곳이다. 아까 까마귀 울음소리가 심상찮아 올라왔는데, 하마터면 큰일 날 뻔했구나."

남자는 누리를 등에 업었다. 남자는 횃불을 마루에게 건넸다.

"이 횃불을 들고 내 뒤에서 앞으로 비추며 따라오너라. 좁은 산길에 횃불이 앞서면 그림자가 생겨 뒷사람이 걸을 수가 없다."

마루는 얼른 횃불을 앞으로 고쳐 들고 길을 비추며 남자의 뒤를 따랐다. 남자는 잰걸음으로 산길을 걸었다. 이마엔 땀이 송골송골 맺혔다. 남자의 등에 업힌 누리 오른쪽 다리는 축 처져 힘없이 너덜거린다.

"아저씨! 죄송합니다."

남자의 등은 넓었고 따뜻했다. 언젠가 이 등에 업혀본 적도 있다는 착각이 들기도 했다.

"괜찮다. 그나저나 이만하길 천만다행이다."

남자는 가쁜 숨을 몰아쉬며 누리를 추켜 업었다. 누리를 업고 걷는 걸음이었지만, 마루가 뛰다시피 해야 남자의 걸음걸이를 따라잡을 수 있었다.

"헉, 헉! 이제 거의 다 왔다."

남자가 땀을 훔치며 말했다. 희미한 불빛이 가물거렸다. 그 불빛은 나무껍질을 벗겨 지붕을 씌운 너와집에서 새어 나오는 불빛이었다. 남자는 급히 아내를 불렀다.

"여보! 헉! 헉!"

남편의 다급한 소리에 아낙이 문을 연다.

"사람이 다쳤소."

"아니, 어떻게 된 일이에요? 쿨룩! 쿨룩!"

아낙은 얼굴색이 창백했다.

"아니, 세상에! 어쩌다가…? 콜록콜록!"

아낙은 말끝마다 기침이 나왔다.

"얘야! 집은 어디냐? 어쩌다 이렇게? 콜록콜록!"

"산에서 내려오다 바위에서 굴러떨어졌어요. 꽃을 꺾다가…."

아주머니는 마루 대답이 채 끝나기도 전에 누리의 상처를 어루만진다. 누리 발목은 아까보다 더 부었다. 검붉은 피멍까지 들었다. 검붉은 피멍에 누리 발목에 난 점도 묻혔다.

마루는 호주머니에 손을 넣었다. 누리가 꺾어 준 가솔송이 만져졌다.

"여기…."

"가솔송이구나. 예쁜 꽃이지."

마루는 꽃을 아주머니께 주었다. 아낙은 마루가 내민 가솔송 향기를 맡았다

"아무 걱정 말고 좀 쉬어라. 콜록! 콜록!"

아낙은 부엌으로 가서 삶은 고구마를 들고 왔다.

"밥이 없는데 이거라도 좀 먹어 보렴."

"고맙습니다."

마루는 고구마를 양손으로 받아 들었다.

"오빠! 고구마 먹자. 일어나!"

마루는 누리를 안아 일으켰다. 누리가 겨우 자리에서 일어났다. 둘은 고구마를 순식간에 먹어 치웠다.

"배가 매우 고팠구나. 삶은 고구마가 이것밖에 없어서…."

"아니, 괜찮습니다. 고맙습니다."

그사이 남자는 가죽 주머니에 물을 채워 방으로 들어왔다. 남자는 누리 다리를 위로 치켜들더니 차가운 물주머니로 문지르기 시작했다.

부부는 밤새 부엌을 오가며 누리를 간호했다.

부엌으로 난 쪽문을 통해 부부 이야기가 두런두런 들렸다.

"우리 아이들도 컸으면 저 애들만큼 컸겠죠? 콜록! 콜록!"

"그러게나 말이오. 어디든 살아만 있어도 천지신명께 감사하겠소."

다음 날 아침이었다. 산에서 내려와 처음으로 맞는 아침이다. 백두산 천지 붉은 햇살이 깊은 골짜기에 살짝 앉았다가 간다. 언제부터인가 너와집 지붕 위로 솔개 한 마리가 빙빙 돌고 있다.

부부가 아침상을 방으로 들여왔다.

"좀 괜찮니?"

남자는 누리에게 물었다.

"많이 좋아졌습니다."

마루는 아주머니 대신 부엌을 드나들며 아침 준비를 도왔다.

남자는 시퍼렇게 멍든 누리 다리를 유심히 살폈다. 갑자기 남자의 손이 파르르 떨렸다. 부기가 빠지니 누리 발목에 난 붉은 점 하나가 선명하게 보였다.

"그래, 너희는 어디서 오는 길이었더냐?"

어젯밤 물어보지 못한 말을 남자가 물었다.

"예, 저희는 산 위에서 살다가 처음으로 산 밑으로 내려오는 길입니다."

"부모님은 어딜 가시고 너희만 산에서 내려왔느냐?"

"저~"

마루가 잠시 망설였다.

그때 아주머니가 닥종이 쪽지를 남편에게 내밀었다.

"여보! 이것 좀 보세요. 솔개 한 마리가 마당에…."

아저씨는 얼른 편지를 읽었다.

편지를 읽어 내리는 아저씨 손이 바들바들 떨리고 있었다. 아저씨는 편지를 움켜쥐고 밖으로 뛰쳐나갔다.

"크, 흐흐흑! 여보!"

남편 손에 든 편지를 읽은 부부는 백두산 정상을 향해 큰절을 올리며 오열했다.

나는 백두산 장군봉에 사는 늙은이라오.

11년 전, 동굴 속에서 두 아이를 데려온 사람이오. 세상이 좀 잠잠해지면 아이들을 내려보내려고 했지만, 세상은 점점 더 혼탁해져 때를 잡기가 쉽지 않았소.

그러나 이제는 세상이 아무리 혼탁해도 이 아이들이 새롭게 열어나가야 할 때가 된 것 같소이다. 이 아이들 이름은 누리와 마루요. 누리는 '세상'이란 뜻이고 '마루'는 정상이란 뜻으로 지었소. 앞으로 '세상의 정상'에 우뚝 설 아이들이오.

이 아이들은 세상에서 어깨를 펴고 당당하게 헤쳐 나갈 수 있도록 밝의 정기를 받으며 호연지기를 길렀소. 두 아이는 이미 그대들의 아이가 아니오. 밝산에서 자라 밝을 숭상하는 밝족의 기상을 이어나갈 아이들이오.

'장군봉에서 밝마리한'

남자는 닥종이 편지를 얼른 허리춤에 감추었다.

흐느끼는 아내를 다독이며 아궁이에 장작을 넣었다. 장작불은 활활 타올라 아궁이 속으로 깊숙이 빨려 들어갔다. 너와집 굴뚝에는 오랜만에 뽀얀 연기가 피어올랐다.

부부는 추운 겨울에도 냉방에서 잤다. 아이들을 동굴에 버린 죄책감에 자신들만 따뜻한 방에서 잘 수 없다고 생각하며 살았다. 그러나 오늘은 집안에 온기가 돌았다.

누리와 마루가 너와집에서 머무른 지도 일주일이 지났다. 주인 부부가 아무리 친절하게 잘 대해 주더라도 마냥 머무를 수 없었다.

부부의 지극정성으로 누리 상처도 점점 나아졌다.

"그동안 신세 많이 졌습니다. 이 은혜 꼭 갚겠습니다."

누리는 길 떠날 채비를 하고 작별 인사를 했다. 마루는 아주머니와 그새 정이 들었는지 헤어짐이 못내 아쉽다.

"아 참!"

누리는 갑자기 태극 문양 자수가 놓인 회색 헝겊으로 만든 바랑을 뒤지기 시작했다.

"왜 그래? 뭐 잃어버린 게 있어?"

마루가 물었다.

"아냐, 가만있어 봐."

누리는 밝마리한이 주었던 노랑만병초 환약을 아낙의 손에 쥐여주었다.

"아주머니! 백두산 천지에 피는 노랑만병초 약이에요."

누리가 건넨 노랑만병초 환약을 들고 두 부부는 눈이 휘둥그레졌다. 11년 전, 전염병이 들어 사경을 헤맬 때 자신들의 목숨을 구해 준 그 노인이 먹여 주던 노랑만병초 환약이었다. 그 후, 아낙은 전염병으로부터 겨우 목숨을 건졌지만, 후유증으로 잦은 병치레는 계속되었다.

누리와 마루가 작별 인사를 하자 아저씨도 짐을 꾸려 따라나섰다.

"나도 산삼을 팔러 장에 가야 하니 함께 내려가자꾸나."

아주머니는 세 사람을 위해 주먹밥을 쌌다.

"누리야! 마루야! 이리 온."

아낙은 아이들을 번갈아 가며 꼭 껴안았다. 울지 않으려고 입술을 깨물었다. 작은 너와집에 따뜻한 햇볕이 비친다. 아주머니는 산모퉁이까지 따라와 손을 흔들었다. 세 사람 모습이 완전히 보이지 않았다. 아낙은 그 자리에 털썩 주저앉아 통곡했다. 누리가 주고 간 노랑만병초 환약이 아낙의 눈물에 녹아내렸다.

10. 신기한 세상

산에서 내려와 처음으로 간 곳은 장터다.

장터에는 물건을 사고파는 사람들로 북적였다. 사람들은 저마다 자기 물건이 좋다고 소리쳤다. 여태껏 이렇게 많은 사람을 본 것도 처음이다.

아저씨는 누리와 마루를 산삼 시장으로 데리고 갔다.

"여기가 백두산 아래에서 5일마다 열리는 제일 큰 산삼 시장이다. 백두산 산삼은 효능이 뛰어나 최상품으로 여기지."

산삼 시장엔 심마니들이 캐온 산삼들로 넘쳤다.

"자~ 백 년 묵은 산삼! 죽은 사람도 벌떡벌떡 일어난다는 산삼이오. 산삼!"

아저씨도 좌판을 펼치고 산삼을 팔기 시작했다. 목소리가 우렁찬 아저씨가 외치자 사람들이 모여들었다.

"여보시오! 이거 진짜 산삼 맞소?"

누리가 보기에도 아저씨가 파는 산삼은 백 년이 훌쩍 넘은 질 좋은 산삼이었다. 누리는 천지 주변에서 나무를 하다가 수시로 산삼을 캐 먹기도 했다. 쌉싸름한 산삼 향이 입안 가득 감도는 맛은 먹어 보지 않고는 그 맛을 달리 표현할 방법이 없다.

덩치 큰 남자 하나가 팔짱을 끼고 물었다. 그 옆에는 같은 일행인 다른 남자가 거들먹거리며 서 있었다.

"에이! 내가 보기엔 가짜 같은데?"

"무슨 말이오. 내가 직접 백두산을 샅샅이 뒤져서 캔 산삼이라오."

다섯 잎 새파란 산삼이파리가 싱싱하게 살아 있다.

"이 산삼은 몇 년 된 산삼이요?"

이때 젊은 남자가 점잖게 물었다.

"예, 백두산 깊은 골짜기에서 백 년 이상 묵은 산삼만 캐 왔습니다."

"어디 봅시다. 흠~"

젊은 남자는 좌판에 쭈그리고 앉더니 산삼을 들고 냄새를 맡았다. 옆에는 누리 또래 사내아이가 함께였다. 아들과 아버지 같았다. 누리는 아버지 얼굴도 모르는데 그 아이가 부러웠다.

"근래 보기 드문 귀한 산삼이군요. 이게 모두 얼마요? 내가 전부 사리다. 얼마면 되겠소."

젊은 남자는 전대를 꺼내더니 돈을 헤아리기 시작했다.

"어이, 거기 새치기하지 마시오. 이건 내가 먼저 흥정을 끝낸 산삼이요."

산삼값을 먼저 물어본 남자들이 산삼을 사려는 젊은 남자를 가로막았다.

"아니, 값만 물었지, 물건을 산 게 아니잖소. 그러니 이 산삼의 임자는 나요."

젊은 남자도 호락호락하지 않았다.

이때 아저씨가 둘의 사이를 말리며 나섰다.

"그만 그만, 조금씩 참고 내 말 좀 들어보시오."

멱살잡이 기세로 싸우던 사람들이 아저씨 말에 다툼을 멈췄다.

"뭐요? 말해 보시오."

덩치 큰 남자가 퉁명스럽게 말했다.

"저야 뭐 산삼을 팔러 온 사람이니 누구든지 값을 잘 쳐 주는 사람한테 이 산삼을 팔 수밖에 없지요."

아저씨가 산삼을 펼쳤던 좌판을 접으며 말했다. 좌판을 접는 시늉을 하자 산삼값은 자꾸 올라갔다.

"얼마면 되겠소?"

"내가 더 주겠소."

실랑이는 끝이 없었다. 결국, 최고 산삼값을 부른 그 젊은 남자에게 아저씨 산삼은 팔렸다. 아저씨는 좋은 가격으로 산삼을 모두 팔았다.

"나는 백두산 산삼을 사서 중국 시장에 내다 파는 사람이요. 다음에도 좋은 물건이 있으면 내게 넘기시오. 내가 모두 사리다."

전대가 제법 두둑했다. 일행은 기분 좋게 식당 안으로 들어섰다. 아저씨는 전대를 풀어 그제야 산삼 판 돈을 헤아렸다. 아저씨는 산삼을 판 돈으로 쌀도 사고 옷도 샀다. 그렇게 북적이던 장터도 저녁이 되자 사람들 발길이 차츰 줄어들었다.

"오늘은 여기서 자고 내일 산으로 돌아가야겠다."

아무것도 모르는 누리와 마루만 이곳에 두고 갈 수 없었다. 함께 더 있고 싶은 것이 솔직한 심정이었다.

'얼마 만에 만난 내 아들인가! 어떻게 만난 내 딸인가?'

눈에 넣어도 아플 것 같지 않다. 아이들과 산속에서 오손도손 살고 싶었다. 그러나 누리와 마루는 아저씨의 그 마음을 알 리 없었다. 아저씨는 솔개가 물어 온 밝마리한 편지를 떠올리며 입술을 깨물었다.

세 사람은 여각으로 향했다. 여각에는 하룻밤을 묵고 가려는 사람들로 붐볐다. 하루 종일 장사로 지친 몸을 쉬고 내일 또 다른 장으로 옮겨 가는 장사꾼들이 대부분 여각에 머물렀다.

누리와 마루는 온종일 있었던 일을 하나씩 떠올려 보았다.

아이들은 피곤한지 이내 깊은 잠이 들었다 그러나 아저씨는 도

무지 잠이 오지 않았다. 세상모르고 잠든 아이들의 얼굴을 들여다 보며 눈시울을 적셨다.

'보내야 한다. 보내야 한다.'

아저씨는 자꾸만 약해지는 마음을 다잡았다. 다시 자리에 누워 잠을 청해 보지만, 정신은 되려 초롱초롱 점점 더 맑아졌다.

여각 안엔 상인들이 삼삼오오 앉아 술을 마시고 있었다. 아저씨 도 구석 자리를 잡고 앉았다.

"휴!"

한숨 쉬는 아저씨 곁으로 한 남자가 다가오더니 묻지도 않고 자 리에 앉는다.

"여어~ 땅 꺼지겠소. 어찌 한숨을 그리 쉬시오?"

남자는 자신의 술병을 들고 아예 아저씨 자리로 옮겨왔다.

"어, 여긴 어쩐 일이오? 아직 안 가셨소?"

"잠이 오지 않아 나왔습니다."

낮에 산삼을 샀던 젊은 남자였다.

"여기서 하룻밤 묵고 내일 일찍 중국으로 떠납니다."

"중국이요?"

"그렇소. 나는 박남태요. 서로 인사나 합시다."

사내는 서글서글한 눈매에 목소리도 우렁찼다.

아저씨는 남자의 잔에 술을 가득 채웠다.

"무슨 말 못 할 사정이라도 있소? 얼굴에 수심이 가득하오."

"그러게나 말이요. 이야기해서 해결될 일이면 걱정도 안 하겠소."

"아들 있겠다, 딸 있겠다, 무슨 걱정이오."

"그래요. 내 아들과 내 딸!"

아들, 딸이란 말에 힘이 들어 있었다.

"많이 닮았더군요."

"아직 아무것도 모르는 아이들입니다. 좀 더 큰 세상으로 보내기 위해 산에서 내려왔는데 아이들만 두고 가려니 걱정이 앞섭니다."

"두고 가다니요?"

남자는 뜻 모를 웃음을 지으며 말꼬리를 잡고 늘어진다. 그러나 그 의미심장한 웃음의 의미를 아무도 알지 못했다.

"그렇다고 다 큰 아이들을 산속에 살도록 할 수 없는 것 아니겠소. 저 아이들은 더 넓은 세상으로 가서 꼭 해야 하는 일이 있는 아이들이요."

아저씨는 밝마리한 편지를 떠올리며 말했다.

"어떤 일인지는 모르겠지만, 내가 도울 일이 있으면 무엇이든 말해 보시오!"

'아! 그것이 정말이요. 그리해 주신다면 내 염치없지만 저 아이들을 선생에게 부탁해도 되겠소? 제발 저 아이들을 좀 부탁하오.'

말은 그렇게 하고 싶었지만, 차마 입이 떨어지지 않았다.

"말씀은 고맙지만, 생면부지인데 어찌 부담을 주겠소. 다른 방법을 찾아보리다."

두 사람은 서로 빈 잔을 채우고 넋두리를 들으며 외로움을 달랬다. 이야기는 끝이 없었다. 멀리 새벽닭이 홰치는 소리가 들린다. 두 사람은 그제야 잠자리로 돌아가 잠시 눈을 붙였다.

아저씨는 방으로 돌아와 자리에 누웠지만, 도무지 잠이 오지 않았다. 누리와 마루의 숨소리만 번갈아 가며 고르게 들린다. 아저씨는 살며시 일어나 밖으로 나왔다.

"박형! 박형! 주무시오?"

문이 열렸다.

"무슨 일이요? 자러 들어간다더니…."

"잠시 의논할 것이 있어서 왔소. 좀 들어가도 되겠소?"

아저씨는 박남태 방으로 들어갔다.

다음 날, 아저씨는 떠날 채비를 하는 아이들을 불러 앉혔다.

"누리야! 마루야!"

"예."

"이제 너희와 헤어져야 할 시간이 온 것 같구나."

"그동안 신세 많이 졌습니다."

누리가 작별 인사를 했다.

"누리야! 마루야…."

아저씨는 누리와 마루를 거푸 부를 뿐 다음 말을 잇지 못하고 말 끝을 흐렸다.

"어제 산삼을 산, 키 큰 사람 생각나지?"

"예."

"마침 그 사람이 중국으로 간다는구나. 너희만 보낼 수 없어서 내가 부탁을 좀 해 두었다. 그 사람을 따라 중국으로 가거라."

아저씨는 자신의 전대를 풀어 누리에게 건넸다.

"내가 가진 것이라고는 이것밖에 없구나."

"네, 고맙습니다."

아침밥을 먹은 세 사람은 여각을 나섰다.

여각 앞에는 물건을 가득 실은 트럭이 기다리고 있었다. 누리와 마루는 어제 장터에서 산삼을 샀던 그 남자의 트럭에 올랐다. 트럭 엔 어떤 사내아이도 한 명 앉아 있었다. 장터에서 보았던 그 아이 였다.

"서로 인사하렴. 이 친구 이름은 슬옹이다. 슬기롭고 옹골차게 살 라고 지어준 이름이지."

차에 먼저 앉아 있던 아이를 보며 박남태가 말했다.

누리와 슬옹이 서로 인사를 하자 마루도 슬옹에게 인사를 건 넨다.

이제 헤어져 각자의 길로 가야만 했다.

"그럼, 이만 가겠소."

박남태가 트럭에 시동을 걸며 말했다.

"아이들을 잘 부탁하오."

아저씨는 중국으로 가는 무역상 박남태에게 누리와 마루를 거듭 거듭 부탁했다.

"크르릉! 부릉!"

짐을 가득 실은 차가 서서히 움직이기 시작했다.

"누리야! 잠깐만!"

차가 여각을 떠나려 하자 아저씨가 급히 차를 세웠다. 아저씨는 닥종이에 붓글씨로 쓴 편지 한 통을 누리가 차고 있던 전대에 넣었다.

"마루와 함께 읽어 보아라."

트럭이 속도를 내기 시작했다. 차는 뽀얀 먼지를 일으키며 아저씨의 눈앞에서 사라져 갔다.

II. 넷이 모여 둘이 되고, 둘이 모여 하나가 되는 것은?

짐 실은 트럭은 국경을 넘고 있다.

누리와 마루의 입국 절차 때문에 평소보다 시간이 배로 걸렸다.

운전하던 박남태는 주눅이 들어 말이 없는 누리와 마루를 불렀다.

"얘들아! 왜 아무 말이 없니. 두려운가 보구나."

"예."

누리는 짧게 대답했다.

"새로운 세상에서 할 일이 있다고 했느냐?"

"할아버지께서는 우리가 꼭 해야 하는 일이 있다고 하셨어요."

누리는 장군봉을 떠나온 일을 박남태에게 말해 주었다.

박남태 얼굴에 아련한 그리움이 스쳐 갔다. 운전대를 잡고 앞만 보고 가던 박남태가 입을 열었다.

"그래, 할아버지께서는 세상에 대해 뭐라고 하시더냐?"

"할아버지께서는 이 혼란스러운 세상을 이제 우리가 나서서 새롭게 바로 세워야 한다고 말씀하셨습니다.”

“이 혼란스러운 세상을 너희에게 어떻게 바로 세우라 하시더냐?”

“네, 우리는 태양을 숭배하던 밝족의 후예들이라 하셨습니다.”

“밝족!”

'밝족'이란 말에 운전대를 잡은 박남태 손이 잠시 후들거렸다.

박남태는 지루한 여행 끝에 누리와 나누는 대화가 재미있는지 운전대를 잡고 유쾌하게 웃었다.

“할아버지께서는 이 세상에서 가장 밝은 것은 태양이고, 밝족은 그 태양을 숭상하는 민족이라고 하셨습니다.”

마루도 옆에서 말을 거들었다.

“백두산은 ‘밝’의 우두머리가 되는 산이고, 태양의 우두머리가 되는 산이라고 해서 ‘밝산’이라고 할머니가 가르쳐 주셨어요.”

박남태 두 눈이 촉촉이 젖었다. 아무도 그 이유를 알 수 없었다.

“밝족, 밝산. 밝족의 후예들…”

박남태는 입속으로 되뇌었다.

“밝음의 우두머리가 되는 민족이라~”

어느덧 박남태는 이야기에 흠뻑 빠져들었다.

“할아버지께서 또 다른 말씀은 안 하시더냐.”

박남태는 밝마리한에 대해 꼬치꼬치 캐물었다.

차는 달리고 또 달렸다.

마루는 방아깨비처럼 고개를 끄덕이며 꾸벅꾸벅 졸고 있다. 같은 또래인 누리와 슬옹은 금세 친구가 됐다.

누리는 언뜻 할아버지가 내어 준 수수께끼 생각이 났다.

"제가 수수께끼 내 볼게요. 알아맞혀 보세요. 슬옹! 너도 알아맞혀 봐."

"수수께끼?"

졸고 있던 마루가 벌떡 일어났다.

"넌 계속 잠이나 자!"

"오빠도 참! 내가 언제 졸았다고 그래?"

"입가에 흐른 침이나 좀 닦고 그런 말을 해라."

마루는 손으로 입가에 흐른 침을 닦았다.

"좋아. 내가 수수께끼라면 자신 있지."

박남태가 자신 있게 말했다.

"넷이 모여 둘이 되고, 둘이 모여 하나를 이루는 곳은 어디일까요?"

"글쎄다. 그게 어디일까? 넷이 모여 둘이 되고, 둘이 모여 하나를 이루는 곳?"

"네."

"그게 뭐냐. 너는 답을 아느냐?"

"아뇨, 몰라요. 할아버지가 내주신 수수께끼예요."

"넷이 모여 둘이 되고, 둘이 모여 하나를 이루는 곳?"

마루도 고개를 갸웃거렸다.

"거기가 어딜까?"

밝마리한은 더 이상은 알려주지 않았다. 누리도 아직 그 수수께끼를 풀지 못했다.

중국으로 들어가는 길은 멀고도 험했다. 꼬불꼬불 산을 넘고 다리를 건넜다. 끝없이 펼쳐진 들판을 달렸다.

"이제 거의 다 왔다. 조금만 더 가면 된다."

캄캄한 밤이 되어서야 일행은 중국 상해에 도착했다. 집은 크고 웅장했다. 지하까지 있는 큰 건물이었다.

그날부터 누리와 마루는 슬옹과 함께 박남태 집에서 머무르게 되었다.

12. 백두산상회

"자, 수고했다. 오늘은 고단할 테니 푹 자거라."

"안녕히 주무세요."

누리와 마루는 자리에 누웠다.

누리는 할아버지가 생각났다. 마루를 보내지 않으려고 눈물짓던 묘연 할미도 떠올랐다. 산에서 내려온 지 얼마 되지 않았는데 많은 일을 겪었다.

바위에 핀 자홍색 가솔송을 꺾어 마루에게 주려다 낭떠러지에서 굴러떨어진 일도 떠올랐다. 그때 아저씨가 횃불을 들고 나타나지 않았으면 산짐승 먹이가 될 뻔했다. 땀을 뻘뻘 흘리며 자신을 업고 내려오던 아저씨의 땀 냄새도 코끝을 스치는 듯했다.

"마루야!"

"응, 오빠!"

"자니?"

"잠이 오지 않아."

마루 목소리가 젖어 있다.

"할머니가 보고 싶어."

"이제 그런 말 하면 안 돼!"

누리는 마루를 달랬다. 그러고는 가만히 눈을 감았다.

할아버지가 말씀하시던 그 세상 속으로 들어왔다. 그러나 어디서부터 무엇을 해야 할지 몰랐다. 잠도 오지 않았다. 낮에 아저씨가 준 편지 생각이 났다. 누리는 자리에서 일어났다.

할아버지가 잃어버리지 말라고 신신당부하며 매어 주던 회색 헝겊 천으로 만든 바랑을 열었다. 전대를 꺼냈다. 전대에는 장터를 떠나올 때 너와집 아저씨가 준 편지가 들어 있었다. 누리는 너와집 아저씨가 준 닥종이 편지를 펼쳤다.

편지를 읽어 내리던 누리 손이 덜덜 떨린다. 심장도 마구마구 뛰기 시작한다. 누리는 편지를 읽다 말고 닥종이를 얼굴에 파묻고 울기 시작했다.

"오빠! 왜 그래? 뭔데 그래. 어디 봐!"

누웠던 마루가 눈을 비비며 일어났다.

누리가 읽던 편지는 방바닥에 스르르 떨어졌다. 마루도 방바닥에 떨어진 편지를 읽기 시작했다.

"아버지! 어머니!"

너와집 아저씨가 누리에게 준 편지는 밝마리한의 편지였다.

백두산상회는 다양한 품목을 취급하는 무역회사였다.

좋은 물건을 구하려는 장사꾼들이 늘 드나들었다. 사람들은 박남태가 멀리 유럽까지 오가며 무역해서 돈을 많이 벌었다고도 했다.

아이들은 박남태 집에 머무르며 차근차근 일을 배웠다. 누리와 슬옹이는 둘도 없는 친구가 되었다.

박남태는 아이들에게 무역이 어떻게 이루어지는지를 가르쳤다. 잃어버린 나라를 위해 얼마나 많은 사람이 노력하고 있는지도 비밀리에 알려 주었다. 그리고 아이들이 새로운 미래를 여는 주인공이 될 수 있음도 가르쳤다.

백두산상회에서는 일하지 않으면 먹지 말아야 했다. 나이가 적든 많든 자기에게 맞는 일을 각자 맡아서 해야 밥을 먹을 수 있었다. 중국 상해에서의 생활은 고달팠지만, 나라를 위한 일이라는데 자부심도 있었다.

　박남태는 아이들을 친자식처럼 대했다. 박남태는 전 세계를 다
니다가 불쌍한 아이들을 만나면 데려와서 키우고 공부시켰다. 슬
옹이도 그랬다.

　장사꾼 중에는 누리와 마루처럼 박남태의 도움으로 성공한 사업
가들도 많았다. 이들은 박남태의 후덕한 인품에 늘 감사하며 존경
했다.

13. 지하실의 움직이는 계단

박남태는 모든 일을 집사인 왕미예첸에게 맡기고 수시로 좋은 물건을 구하기 위해 유럽으로 떠났다. 박남태가 돌아올 때까지 백두산상회는 집사인 왕미예첸이 도맡았다.

박남태가 없어도 백두산상회는 무역상들이 줄을 이었다. 누리와 마루, 그리고 슬옹은 이마에 구슬땀을 흘리며 왕미예첸의 일을 거들었다.

그러던 어느날이었다.

"이 새끼가!"

왕미예첸 눈에는 핏발이 벌겋게 섰다. 누리는 마루를 괴롭히는 왕미예첸을 말렸다. 순간 누리의 눈에 번갯불이 번쩍 튀었다. 왕미예첸은 말리는 누리 옆구리를 발로 걷어찼다. 왕미예첸의 발길질에 누리는 배를 움켜쥐고 땅바닥으로 나뒹굴었다.

"오빠! 오빠! 괜찮아?"

마루는 옆구리를 거머쥐고 뒹굴며 쓰러진 누리에게 다가갔다.

왕미예첸의 눈엔 살기가 번득였다.

"한 번만 더 까불면 그땐 다 죽여 버릴 거야."

왕미예첸은 누리와 마루를 지하창고로 끌고 갔다.

"얼른 들어가! 꼴 보기 싫어! 쥐새끼 같은 것들!"

왕미예첸은 발길로 누리와 마루를 지하실 계단 밑으로 걷어찼다. 누리와 마루는 지하실 계단으로 굴러떨어졌다.

"철커덕!"

바깥에서 문 잠그는 소리가 차갑게 들렸다.

"다들 잘 봤지? 다른 놈들도 까불면 저 꼴 될 줄 알아! 알겠어?"

왕미예첸은 다른 점원들에게도 보란 듯이 소리를 질렀다. 점원들은 왕미예첸 기세에 눌려 아무도 말리지 못했다.

누리는 계단을 기어 올라가 지하실 문을 두드렸다.

"쾅! 쾅! 쾅! 문 좀 열어 줘!"

아무리 소리쳐도 굳게 닫힌 지하실 문은 열리지 않았다. 며칠 전, 집을 떠난 박남태는 언제 돌아올지도 모르는 일이었다.

밖으로 굳게 닫힌 지하실엔 퀴퀴한 냄새가 코를 찔렀다. 박남태가 출장을 가면 왕미예첸은 자신에게 반항하는 점원들을 이곳에 가둬 놓고 며칠씩 굶겼다. 지하실은 텅 비어 있었다. 낮에도 쥐들이 우글거렸다.

"오빠 배고파!"

"조금만 참자. 곧 나갈 수 있을 거야."

"고구마 먹고 싶어."

마루는 너와집에서 먹었던 고구마를 떠올렸다.

"그래, 세상에서 제일 맛있는 고구마였지."

마루는 침을 꼴깍 삼켰다.

"엄마!"

누리와 마루는 '엄마'라는 말이 낯설었다.

"아저씨도 언제 올지 모르는데…."

새로운 세상을 만들어야 한다는 할아버지 말씀도 까마득히 먼 옛날이야기 같았다. 누리와 마루는 차가운 지하창고에 갇혀 밤을 맞았다. 햇빛이 들지 않아 밤인지 낮인지 분간할 수도 없었다.

축축한 지하실 벽에 몸을 기대고 잠을 청했다. 도무지 잠이 올 것 같지 않았다.

그때였다.

"쉿, 오빠!"

마루가 불렀다.

"왜?"

누리도 목소리를 낮췄다.

"무슨 소리가 들려."

마루가 작은 소리로 말했다. 둘은 소리가 나는 벽 쪽으로 귀를 갖다 댔다.

달그락거리는 소리는 지하실 바닥에서 들리는 것도 같았다. 둘은 숨을 죽였다.

소리는 점점 가깝게 들렸다. 누리와 마루는 살금살금 계단으로 자리를 옮겨 앉았다. 이상한 소리는 지하실 바닥을 계속 긁고 있었다. 그러더니 누리와 마루가 앉은 발밑의 계단 하나가 서서히 움직이기 시작했다. 둘은 놀라 다리를 번쩍 들었다.

발밑의 계단이 스르르 움직이더니 작은 불빛 한 줄기가 지하실 천장을 훑고 일렁거렸다.

"쉿!"

슬옹이었다

슬옹은 손전등을 입에 물고 있었다.

슬옹은 양어깨에 누리와 마루의 가방을 메고 자기 가방은 배불뚝이처럼 앞으로 메고 뚫린 계단으로 올라왔다.

"어떻게 된 일이야?"

"설명은 나중에 할 테니 어서 여길 빠져나가자!"

왕미예첸이 눈치채기 전에 이곳을 빨리 벗어나야 했다.

"안 돼! 지금은 갈 수 없어."

슬옹은 머뭇거리는 누리가 못마땅했다.

"아니, 갈 수 없다니, 왜? 지금 가야 해. 왕미예첸에게 잡히면 우린 죽은 목숨이야. 빨리빨리!"

슬옹이 다그쳤지만 누리는 선뜻 나서지 않았다.

"잠시만! 방에 가서 바랑을 가져와야 해. 할아버지가 절대로 잃어버리지 말라고 하셨어. 얼른 가서 바랑을 갖고 나올게."

슬옹이 누리를 붙잡았다.

"이거 말이야? 이거라면 걱정하지 마. 네가 신줏단지처럼 갖고 다니는 것이라 제일 먼저 챙겼지. 이 가방부터 받아. 시간 없어. 빨리!"

슬옹은 누리가 찾고 있던 회색 바랑을 누리 가슴팍에 안겼다.

아이들은 슬옹이 들어왔던 계단 밑에 난 구멍을 따라 들어갔다. 밖으로 연결된 지하통로였다. 슬옹을 따라 구멍을 빠져나오니 하수구로 연결되는 긴 통로가 있었다. 하수구에는 물이 조금씩 흐르고 있었다. 햇빛이 없는 하수구는 썩어서 악취가 났다. 셋은 하수구를 따라 정신없이 뛰었다.

슬옹이 손전등을 앞에 들고 걸었더니 그림자가 일렁거렸다. 일렁이는 손전등 그림자에 누리가 발을 헛디뎌 넘어졌다.

"슬옹! 손전등 이리 줘!"

뒤에 따라 오는 누리가 앞을 향해 손전등을 비추었다. 산에서 발목을 다쳤을 때 아저씨가 일러준 말을 뒤늦게 떠올렸다.

숨이 턱에 차도록 뛰어 세 사람이 도착한 곳엔 위에 뚫린 구멍이 하나 나 있었다. 구멍으로 올라가는 사다리가 보였다. 아이들은 사다리를 기어오르기 시작했다. 사다리 끝에 이르니 구멍이 숭숭 난 쇠뚜껑 사이로 달빛이 새어 들어왔다. 맨홀 뚜껑이었다.

제일 먼저 사다리를 타고 올라간 누리는 맨홀 뚜껑을 힘껏 들어올렸다. 그러나 꽉 닫힌 쇠뚜껑은 열리지 않았다. 누리는 사다리를 타고 다시 내려왔다.

"안돼! 뚜껑이 안 열려!"

"뭐라고? 그럼 어떡해! 우리가 도망친 걸 알면 왕미예첸이 곧 쫓아 올 텐데?"

이번엔 슬옹이 올라갔다.

"조심해!"

사다리를 타고 올라가는 슬옹을 올려다보며 마루가 말했다.

"걱정하지 마!"

슬옹이 큰소리치며 당당하게 올라갔다. 다행히 바깥으로 사람 발걸음 소리는 들리지 않았다.

그때였다.

"저쪽이다! 잡아라!"

멀리서 왕미예첸이 아이들을 잡으러 오고 있었다.

"빨리! 빨리!"

"가만있어 봐. 잘 안 열려!"

굳게 닫힌 뚜껑은 아무리 힘주어 밀어도 열리지 않았다.

"이제 너희는 독 안에 든 쥐다. 쥐새끼 같은 놈들 같으니라고. 어딜 도망가!"

왕미예첸 일행이 세 아이 쪽으로 바투 다가왔다.

마루와 누리는 사다리 밑에서 발을 동동 굴렀다.

슬옹은 죽을힘을 다해 바깥으로 뚜껑을 힘껏 밀었다.

"텅그렁, 텅텅!"

굳게 닫혔던 뚜껑이 활짝 열렸다.

"됐어! 빨리 올라와! 빨리!"

누리는 마루를 먼저 올려보냈다. 슬옹이 사다리를 타고 올라오는 마루 팔을 힘껏 끌어당겼다. 다음엔 누리 차례였다.

"누리! 빨리 올라와. 빨리!"

이때 왕미예첸이 쫓아와 누리가 매고 있는 회색 가방을 잡아당겼다. 누리는 필사적으로 뿌리쳤다.

무슨 일이 있어도 이 회색 가방은 지켜내야 했다. 다시 누리 오른쪽 바짓자락이 왕미예첸 손아귀에 뜯겨 나갔다. 신발도 벗겨져 하수구 밑으로 떨어졌다. 할아버지의 회색 바랑만 지킬 수 있다면 차라리 그게 나았다.

왕미예첸은 독이 오를 대로 올라 악을 썼다.

"오늘 너희는 내 손에 잡히면 모두 죽여 버릴 거야!"

사다리를 오르던 누리는 손과 발이 후들후들 떨렸다. 누리 발길질에 하수구 바닥에 떨어진 왕미예첸이 눈에 핏발을 세운 채 계단을 다시 기어오르기 시작했다.

"흐흐흐! 꼼짝 말고 거기 있어라. 그래, 그렇게 얌전히. 아가야, 착하지?"

왕미예첸은 음흉한 웃음을 입가에 흘리며 사다리를 한 칸, 한 칸 기어오르기 시작했다.

"누리! 밑을 보지 말고, 위만 보고 올라와! 어서!"

슬옹과 마루는 밑을 들여다보며 소리쳤다.

누리가 좁은 구멍을 빠져나오자 왕미예첸 머리가 두더지처럼 쑥 올라왔다.

이때였다.

"하나, 둘, 셋!"

아이들은 힘을 합쳐서 쇠뚜껑을 재빨리 덮었다.

"으악! 사람 살려~"

바깥으로 막 빠져나오려는 왕미예첸이 비명과 함께 하수구로 밑으로 떨어졌다.

"휴!"

"꽉 닫아!"

아이들은 뚜껑을 발로 쾅쾅 밟았다. 그제야 세 아이는 안도의 한숨을 쉬었다.

"어떻게 된 거야?"

누리가 슬옹을 향해 물었다.

"뭘?"

"아니, 네가 어떻게 지하실 바닥을 파고들어 거기까지 올 수 있었느냐는 말이지."

"그래 슬옹 오빠! 나도 그게 궁금해."

마루도 거들었다.

"그게 아냐."

"어떻게? 빨리 말해 봐."

"내가 너희보다 이곳에 빨리 들어왔잖아. 근데 왕미예첸이 너희에게 그랬던 것처럼 내게도 못살게 굴었어."

"그랬구나."

마루가 안쓰러운 듯 말했다.

"걸핏하면 때리고 나를 지하실에 가두고는 며칠씩 굶겼지."

아이들은 조금 전 아슬아슬했던 순간들을 떠올리며 몸서리를 쳤다.

"전에 내가 혼자 지하실에 갇혔을 때가 있었지. 쥐가 그 계단 밑으로 들락날락하는 거야."

슬옹은 생각을 더듬는 듯 말을 이었다.

"난 너무 무서웠지만 그나마 쥐라도 들락거리니 외로움이 덜한 것 같았어. 그래서 쥐들이 드나드는 곳을 유심히 살피다가 우리가 빠져나온 계단이 바깥으로 통하는 비밀 통로라는 걸 알았어."

"그랬구나. 아무든 고맙다. 슬옹!"

누리와 슬옹은 서로 와락 껴안았다.

아이들이 빠져나온 곳은 텅 빈 광장이었다. 사람들의 모습은 아직 보이지 않았다.

아이들은 새벽바람을 맞으며 걸었다. 걸음걸이는 힘이 넘쳐났다. 아이들이 가는 길에 새벽이 어둠을 힘차게 밀어내고 있었다.

14. 벼룩시장

아침이 되자 중국 사람들은 거리로 쏟아져 나왔다. 중국 사람들은 아침밥을 바깥에서 먹는 경우가 많았다. 사람들은 여기저기 모여 앉아 아침밥을 사 먹고 일터로 갔다.

아이들 배에서 '꼬르륵' 소리가 났다. 다른 사람들이 맛있게 음식을 먹는 것을 보자 입에 침이 고였다. 아이들은 돈 한 푼 없는 주머니에 손을 넣었다 뺐다. 아무리 손을 넣어도 손에 잡히는 건 먼지뿐이었다. 마루 주머니엔 해든새암에서 건졌던 까만 공깃돌 다섯 개만 손에 잡힐 뿐이었다.

그때 누리 머리를 번쩍 스치는 것이 있었다.

장터! 너와집에서 내려와 산삼을 판 돈을 전부 주며 눈물을 흘리던 아저씨가 생각났다. 얼굴도 몰랐던 아버지가 장터에서 산삼을 팔아 전대까지 채워 주던 일도 떠올랐다. 누리는 얼른 바랑을 열었다. 그 속에는 아버지가 주었던 전대가 그대로 들어 있었다. 밝마리한 편지를 읽던 날 밤, 닥종이 편지와 함께 아버지가 주셨던 전대를 바랑에 고이 넣어 두었었다.

전대에는 산삼을 팔고 넣어둔 돈이 들어 있었다. 그 돈으로 아이들은 허기를 때우며 며칠간 주변을 맴돌았다. 아이들은 어디로 가야 할지, 무엇을 해야 할지 몰랐다. 백두산에서 내려올 때와 달리 일이 자꾸만 엉뚱한 방향으로 흘러가서 불안했다. 할아버지의 수수께끼도 아직 풀지 못했다. 아이들은 전대의 돈으로 끼니를 해결하며 며칠을 보냈다.

누리와 마루, 슬옹은 사람들 틈에 끼여 기웃기웃 돌아다니다 광장과 같은 곳에 이르렀다.

"어디 멀리 이사를 하려나 보지? 저렇게 물건을 모두 내다 파는 걸 보면?"

아이들이 장사하는 것을 구경하던 마루가 말했다.

"여긴 벼룩시장이야."

슬옹이 말했다.

"뭐! 푸하하! 으하하하!"

누리가 배를 움켜쥐고 자지러지게 웃었다.

"벼룩시장이라고? 벼룩을 팔아?"

"벼룩시장은 벼룩을 파는 데가 아니고 자기가 쓰다가 필요 없게 된 물건을 필요한 사람들에게 파는 시장을 말하는 거야. 여기 벼룩시장에는 아이들도 자유롭게 물건을 팔 수 있어서 아이들이 많아."

슬옹이 조곤조곤 설명해 주었다.

벼룩시장에는 외국에서 온 여행객들도 더러 끼어 있었다. 외국 여행객들은 벼룩시장에다 좌판을 깔고 사용했던 물건들을 내다 팔았다.

비좁은 벼룩시장에 키가 훤칠하게 큰 외국 남자도 보였다. 이 남자는 벌써 며칠째 여기저기를 돌아다니며 아이들이 장사하는 모습을 유심히 지켜보았다. 그는 아이들 사이를 오가며 물건값을 물었다. 그러나 값만 물어볼 뿐 아이들이 파는 물건을 사지는 않았다.

세 아이가 벼룩시장을 두리번거릴 때 키 큰 외국인 남자 하나가 누리 옆으로 접근해 왔다. 며칠째 벼룩시장을 오가던 바로 그 남자였다. 그는 아이들과 눈높이를 맞추고 앉아 말을 이었다.

"나는 영국에서 온 로스차일드라고 한다."

그 키 큰 외국인은 아이들을 앞혀 놓고 자신이 하는 일을 차근차근 설명하기 시작했다.

"잠시 후면 내 친구가 도착해. 그때 내 친구가 모든 걸 설명해 줄 거야. 너희도 무척 반가워할 사람이야."

"우리가 아는 사람이에요?"

"누군데요?"

차일드의 이야기를 듣던 아이들은 깜짝 놀라 물었다.

"혹시 왕미예첸이?"

아이들의 눈에 불안감이 스쳤다.

"얘들아!"

바로 그때 가까이서 반가운 음성이 들렸다.

"아저씨!"

박남태였다. 아이들은 박남태를 보자 와락 안겼다.

"그래, 그래, 고생 많았다. 내가 너희를 얼마나 찾아 헤맸는지."

"아니 어떻게 된 거예요?"

슬옹이 물었다.

"그건 내가 너희에게 묻고 싶은 말이다."

"어, 이 친구 보게. 아이들만 보이고 이 아이들을 찾아내느라 고생한 나는 안 보이는가?"

차일드가 박남태를 향해 농담을 던졌다.

"아! 친구 미안하네. 내가 자네를 깜빡했구면!"

박남태와 차일드는 서로 덥석 껴안았다.

"이 아이들을 어떻게 만났나. 설명 좀 해보게."

"어허 이 사람, 우선 우리 집으로 가세. 여기서 어떻게 다 이야길 하겠나."

차일드는 광장에서 아이들을 발견하고 줄곧 뒤를 따랐다. 그러다 박남태가 얘기한 아이들임을 확신하고 다가섰다고 이야기했다.

　아이들은 박남태에게 그동안 있었던 일을 모두 이야기했다. 박
남태가 출장을 가면 왕미예첸이 아이들을 괴롭힌 일도, 누리와 마
루가 함께 지하실에 갇혔다가 슬옹의 도움으로 도망쳐 나온 이야
기도 했다.

　아이들 이야기를 전해 듣는 박남태의 얼굴은 노여움으로 가득

찼다.

"그랬구나. 정말 큰일 날 뻔했구나. 이젠 아무 걱정 말거라. 다시는 너희를 괴롭히는 사람은 없을 것이다."

박남태는 아이들을 안심시켰다.

박남태가 출장을 다녀왔을 때였다.

그는 아이들이 달려 나와 자신을 반길 것을 생각하며 서둘러 백두산상회로 돌아왔다. 그러나 자신이 떠날 때의 활기차던 그 백두산상회가 이미 아니었다.

"누리야! 마루야!"

멀리서 차 소리만 듣고도 맨발로 뛰어오던 아이들이었다. 그러나 긴 회랑을 거쳐 사무실에 도착해도 아이들은 보이지 않았다.

점원들도 기가 죽어 있었다. 아이들 소리가 들리지 않으니 집 안도 텅 빈 것 같았다. 그는 집사인 왕미예첸을 불렀다.

"아이들이 안 보이는구나. 어떻게 된 일이냐?"

박남태는 우물쭈물하는 왕미예첸을 다그쳤다.

"저어~ 그게 어떻게 된 일이냐면…."

박남태는 왕미예첸이 거짓말을 하고 있음을 알아차렸다.

"어서 바른대로 말하지 못해!"

"가까운 곳에 심부름시켰습니다."

왕미예첸은 말꼬리를 흐렸다.

박남태는 자신이 집을 떠난 사이 식구들을 괴롭힌 왕미예첸에게 심한 배신감을 느꼈다. 박남태는 왕미예첸에게 아이들이 어디로 갔는지 물었지만, 가르쳐 주지 않았다. 그때부터 박남태는 비밀리에 아이들의 행방을 수소문하기 시작했다. 왕미예첸이 아이들을 먼저 빼돌리기라도 하면 아이들이 위험에 빠질 수 있었다.

아무리 생각해도 아이들이 갈 만한 곳은 없었다. 수중에 가진 돈도 없을 아이들이었다. 박남태는 이 아이들에 대한 꿈이 있었다. 어린 시절 갖은 고생을 하며 여기까지 왔다. 비록 친 핏줄은 아니지만 이 아이들은 박남태의 꿈나무들이었다.

박남태는 자신이 자리를 비울 때마다 왕미예첸이 물건을 빼돌려 자신의 잇속을 채운다는 것도 알아냈다. 박남태의 노여움은 극에 달했다. 그는 왕미예첸을 지하창고에 가두었다.

그러나 다음 날 왕미예첸은 지하실에서 감쪽같이 사라졌다. 왕미예첸은 자신이 물건을 빼돌리던 통로로 이미 도망가고 없었다. 박남태는 왕미예첸이 도망간 곳을 따라 아이들을 찾아보기로 했다.

아무도 눈치채지 못하도록 제일 먼저 친한 친구인 차일드를 만났다. 그는 무역을 하며 만난 친구로 박남태와 형제처럼 지냈는데 마침 중국에 와 있었다. 차일드는 오랫동안 무역을 하며 수시로 드나들어 중국에서 발이 넓고 정보망이 있었다. 그는 그런 차일드에게 세 아이를 반드시 찾아야 한다고 신신당부했다.

왕미예첸이 아이들을 찾아내기 전에 차일드의 도움으로 아이들을 먼저 찾아낸 것은 정말 다행이었다.

15. 대한민국 임시정부

아이들을 만난 박남태는 세 아이를 데리고 상해로 갔다. 좁고 구석진 골목 안으로 들어갔다.

큰길에서 다시 꼬부라진 골목 안 깊숙이 유리창이 깨진 낡은 벽돌집이 있었다. 녹슨 창살과 깨진 유리창, 초라하기 그지없는 폐가 같은 건물이었다. 마치 오래전부터 사람이 살지 않은 듯 낡은 집이었다.

네 사람은 건물 안으로 들어갔다. 낡기는 했지만, 이층집이다. 현관 입구는 두 사람이 들어가면 어깨가 부딪힐 정도로 좁았다. 박남태는 이 집을 수시로 드나드는 사람 같았다. 어디에 무엇이 있는지 어느 방에 누가 있는지도 잘 알고 있었다.

박남태는 아이들을 2층에 있는 작은 방으로 데려갔다. 2층으로 오르는 계단은 낡을 대로 낡아 밟을 때마다 삐걱거리는 소리가 났다.

잠시 후, 덩치 큰 남자가 아이들이 있는 방으로 들어왔다.

혼자 있기도 작은 방에 사람이 다섯이다. 방이 꽉 차 벽이 터질 것만 같았다. 박남태는 방에 들어서자마자 누런 광목천을 향해 모자를 벗고 정중히 예를 갖추었다. 책상 뒤 벽면에 걸린 광목천은 밑으로 길게 걸어 놓았다. 마치 누군가가 일부러 찢은 것 같기도 했다.

가운데는 붉은색과 파란색이 그려져 있었다. 마치 본래는 동그라미였다가 반을 찢은 듯 뜯긴 기괴한 천 조각이었다. 누런 천의 가장자리엔 핏자국 같은 얼룩도 있었다.

박남태는 방으로 들어온 그 남자에게 절을 했다. 그 남자는 박남태를 일으켜 세우더니 와락 껴안았다.

"이 아이들을 찾느라 자네가 정말 고생이 많았구나"

"아닙니다. 당연히 해야 할 일을 한 것입니다."

키 큰 남자는 세 아이를 인자한 미소로 맞이했다.

"어디 보자! 네가 누리고 네가 마루구나. 네가 슬옹이고."

이 키 큰 남자는 누리와 마루, 그리고 슬옹을 익히 아는 듯 세 아이의 이름을 차례대로 불렀다.

"얘들아! 너희가 온 이곳은 바로 대한민국 임시정부란다. 그리고 이분은 국무령* 어른이다. 인사드려라."

박남태가 아이들에게 일렀다.

"네? 이곳이 우리나라의 궁궐이란 말인가요?"

마루의 엉뚱한 질문에 국무령이 크게 웃었다.

"그래, 달걀 안에서 소 잡는다는 우리 속담이 있지. 지금은 비록 남의 나라 남의 땅에 초라한 우리 정부를 세웠지만, 여기가 바로 너희들이 살아갈 세상을 여는 마중물이요, 힘차게 나아가는 노둣돌이 될 것이다."

동그란 테두리의 안경을 낀 국무령의 음성엔 결연한 의지가 묻어났다.

"이 아이들은 백두산에서 호연지기를 길렀고 제게 와서는 이 나라의 현실과 미래를 교육받았습니다. 이제 이 아이들이 나라를 위해 제 역할을 톡톡히 해낼 것입니다."

"그래그래! 자네가 독립 자금을 보내 주지 않았다면 오늘날, 이 임시정부조차 세울 수 없었다네. 이제 고종이 그린 그 진본 태극기를 찾는 일이 급선무일세."

국무령은 책상 넘어 벽에 걸린 찢어진 태극기 반쪽을 보며 말했다. 국무령의 음성이 한숨에 젖어 방안에 흘렀다.

---

* 대한민국 임시정부의 최고 직위

국무령은 아이들을 간절히 기다린 이유가 있었다. 얼마 전 박남태로부터 전해 받은 밝마리한 서신을 국무령은 읽고 또 읽었다.

경술국치가 있은 지 몇 년이 지난 후였다.

하루는 젊은 청년이 국무령을 찾아왔다. 박남태였다. 그는 백두산을 내려와 빼앗긴 조국을 찾는 일에 적극 동참했다. 그는 많은 돈을 벌어 독립 자금을 마련하는 것이 자신이 할 일이라고 했다.

밝마리한은 박남태를 국무령에게 보내면서 고종이 직접 그린 진본 태극기 한쪽을 보냈다. 고종의 진본 태극기가 있었다는 것을 국무령도 익히 들어 알고는 있었다. 그러나 그간 백방으로 수소문했지만, 그 진본 태극기 행방을 아는 사람은 없었다.

밝마리한은 고종의 진본 태극기 한쪽을 박남태에게 주며 상해 임시 정부에 있는 국무령에게 반드시 전하라고 당부했다. 국무령은 고종의 외교 고문인 데니에게 하사한 줄 알았던 그 태극기 한쪽을 밝마리한이 갖고 있을 줄을 꿈에도 생각지 못했다. 이제 나머지 한쪽만 찾으면 된다. 국무령은 그 나머지 한쪽만 찾으면 잃어버린 나라도 금방 찾을 수 있을 것 같았다.

남의 나라 남의 땅에 초라하기 그지없는 곳이지만, 대한민국 임시정부도 세웠다. 그러나 나라를 상징할 제대로 된 국기가 아직 없었다.

얼마 전 있었던 3·1 운동 때도 태극기가 통일되지 않아 그 모양이 가지각색이었다. 그런데도 고종의 진본 태극기 한쪽의 행방은 아직도 묘연하기만 했다.

백두산을 내려온 박남태는 각국으로 다니며 무역으로 번 돈을 독립 자금으로 전달하였다. 대한민국 임시정부 독립운동 비밀연락망인 연통제*의 책임자라는 중책도 맡았다. 그런 박남태를 국무령은 누구보다 신임했다.

"먼 길 오느라 아이들이 피곤하겠다. 내일은 신흥강습소로 떠나야 하니 오늘은 일단 가서 쉬는 것이 좋겠구나."

국무령은 인자했다. 아이들을 매우 사랑하는 할아버지였다.

밝마리한이 보낸 아이들이 왔다는 소식을 듣고 국무령은 숨차게 달려왔다. 하지만 아이들에게 태극기에 관한 이야기를 듣지 못하자 실망감과 함께 또다시 깊은 시름에 빠졌다. 그러나 이제 이 아이들이 신흥강습소에서 나라를 되찾기 위한 광복군이 될 아이들이라니 누구보다 믿음직스럽고 든든했다. 특히 밝마리한 밑에서 자란 아이들이라니 두말할 나위도 없었다.

---

* 대한민국 임시정부가 국내외 업무 연락을 위해 설치한 지하 비밀 행정 조직

16. 수수께끼를 풀다

아이들은 국무령에게 인사를 하고 방을 나서려 했다.

"잠깐만!"

방을 나가려던 아이들을 국무령이 다급히 불러 세운다.

"누리야! 그 가방은 어디서 났느냐."

국무령이 누리에게 물었다.

"할아버지께서 절대로 잃어버리면 안 된다고 한 바랑입니다."

국무령은 돌아서 나가는 누리 뒷모습을 보다가 회색 바랑에 눈길이 갔다.

"누리야! 그 가방을 내게 좀 보여 줄 수 있겠느냐?"

"네."

누리는 잠시 머뭇거리다 회색 바랑을 벗어 국무령에게 건넸다.

'절대로 잃어버리면 안 된다'던 밝마리한의 당부가 들리는 듯했다. 왕미예첸에게 뒷덜미를 잡혀 바랑을 빼앗길 뻔한 아찔한 순간도 떠올랐다.

회색 바랑에 놓인 태극문양 자수를 유심히 살피던 국무령은 조심조심 회색 바랑을 뜯기 시작했다.

"안 됩니다!"

누리는 단호하게 말했다. 밝마리한이 준 이 회색 바랑을 훼손하는데 제아무리 국무령이라도 예외는 아니었다.

"누리야! 괜찮다."

박남태는 누리를 안심시켰다. 그러고는 밝마리한 편지를 받고 너와집에서부터 장터까지 심지어 여각에서도 누리와 마루를 지켜보며 따라다녔다는 사실도 털어놓았다.

그제야 누리는 국무령이 바랑을 열어 보도록 허락했다. 국무령 또한 비록 아이들 물건이었지만 누리가 바랑을 열어 보라는 말이 나오기까지 잠시 기다려 주었다.

다섯 명의 눈길이 온통 낡은 회색 바랑에 머물렀다. 회색 바랑을 조심조심 뜯어보니 안쪽으로 누런 광목천이 덧대어 있었다.

국무령은 가방 안쪽의 실밥을 정리하고 가장자리 실밥을 한 땀 한 땀 풀어 나갔다. 가슴은 마구 뛰었다. 국무령을 거드는 박남태 손길도 떨렸다. 두 사람은 숨도 멎을 것 같았다.

국무령은 실밥을 걷어 낸 광목천을 넓게 펼쳤다. 안감으로 덧댄 광목천을 펼치니 지금껏 보지 못한 이상한 문양이 그려져 있었다.

태극의 반쪽이었다. 책상 뒤에 걸린 걸개그림과 맞춰 본 국무령은 누리를 와락 껴안으며 뜨거운 눈물을 흘렸다.

"이것이다! 이것이 바로 조선 고종황제의 어기인 진본 태극기다."

고종이 직접 고안한 진본 태극기가 그 짝을 찾는 순간이었다.

국무령은 일찍이 고종이 직접 고안한 이 진본 태극기를 찾기 위해 백방으로 수소문하였으나 찾지 못했다. 그러다가 밝마리한이 보낸 박남태를 통해 진본 태극기 한쪽을 겨우 손에 넣게 되었다. 그리고 드디어 오늘 누리의 회색 바랑에 그려진 태극 문양을 보고야 이 회색 바랑을 누리에게 준 밝마리한의 깊은 뜻을 알 것 같았다.

고종이 고안했던 진본 태극기는 병풍 뒤에서 두 쪽으로 나누어졌다. 한쪽은 밝마리한이 보관했고 또 다른 한쪽은 밝마리한이 만약을 대비해 김 상궁에게 주었다.

그날 밤 이후 쓰개치마를 쓰고 궁궐을 빠져나간 김 상궁은 수신사 특명대신에게 전달하려던 고종의 태극기 진본을 끝내 전달하지 못했다.

한편 수신사로 떠나는 특명대신은 고종이 직접 그린 태극기를 애타게 기다렸다. 통상수호조약으로 일본으로 가야 하는 날짜는 하루하루 다가왔지만 조선 임금의 어기인 태극기는 출발하는 날 아침까지도 도착하지 않았다. 하는 수 없이 수신사 일행은 국기도 없이 일본으로 향했다.

그날 이후, 백두산으로 들어온 밝마리한과 김 상궁은 오로지 고종이 그린 진본 태극기를 지키며 살았다. 밝마리한은 장군봉에서 김 상궁은 천지 옆에 작은 토굴을 지었다. 이 두 사람이 언제부터 그곳에 살게 되었는지 아는 사람은 없었다.

"이 태극기는 넷이 모여 둘이 되고, 둘이 모여 하나가 된단다."

"네? 이 태극기가요?"

"그렇단다."

국무령은 말을 이었다.

"이 태극기를 잘 보렴. 백성을 나타내는 흰 바탕에 건, 곤, 감, 리, 4괘를 넣고 동그라미에 붉은색과 푸른색을 넣어 우주 만물의

근원이 되는 음양의 조화를 태극에 그려 넣어 완전한 합일을 이루게 된다. 태극기야말로 우리 대한의 얼이요, 혼이요, 정신이니라."

국무령과 박남태는 그간의 일을 떠올리며 뜨거운 눈물을 흘렸다.

이 땅의 아이들이 태극기 앞에 당당하게 서 있다.

밝마리한은 잃어버린 나라를 찾고 새 세상을 여는 힘은 넷이 모여 둘이 되고, 둘이 모여 하나가 되는 것에 그 힘이 있다고 했다. 고종의 진본 태극기가 맞춰지고 새 세상을 열어 갈 힘을 찾았다.

이제는 우리 대한의 아이들이 태극을 중심으로 그들이 살아갈 새로운 세상을 만들어 갈 것이다. 가슴 펴고 어깨 걸고 당당하고 힘차게 나아가는 아이들의 정수리에 백두산의 햇살이 비친다. 세상의 아이들은 미래를 이끄는 힘으로 새롭게 열어 갈 천 년의 약속을 나눈다.

아이들의 꿈속에 '밝'의 기상이 꿈틀거린다.

백두산 아이들

펴낸날 2024년 11월 29일

글 이순영
그림 이혜원
펴낸이 주계수 | **편집책임** 이슬기 | **꾸민이** 공민지

펴낸곳 고래책빵 | **출판등록** 제 2018-000141 호
주소 서울시 마포구 양화로 156 LG팰리스빌딩 917호
전화 02-6925-0370 | **팩스** 02-6925-0380
홈페이지 www.bobbook.co.kr | **이메일** bobbook@hanmail.net

© 이순영·이혜원, 2024.
ISBN 979-11-7272-027-8 (73810)

부산광역시 BUSAN METROPOLITAN CITY   부산문화재단 BUSAN CULTURAL FOUNDATION

※ 이 책은 부산광역시, 부산문화재단 〈부산문화예술지원사업〉 지원을 받아 출간되었습니다.